大家小书

唐五代词境浅说

俞陛云 著

北京出版集团公司
北京出版社

图书在版编目（CIP）数据

唐五代词境浅说 / 俞陛云著 . — 北京 ：北京出版社，2016. 7

（大家小书）

ISBN 978-7-200-11981-7

Ⅰ. ①唐… Ⅱ. ①俞… Ⅲ. ①词（文学）—诗词研究—中国—唐代②五代词—诗词研究 Ⅳ. ①I207. 23

中国版本图书馆CIP数据核字（2016）第065351号

总策划：安 东 高立志 责任编辑：陶宇辰

· 大家小书 ·

唐五代词境浅说

TANG-WUDAI CIJING QIANSHUO

俞陛云 著

*

北京出版集团公司
北京出版社 出版

（北京北三环中路6号 邮政编码：100120）

网 址：www.bph.com.cn

北京出版集团公司总发行

新华书店经销

北京华联印刷有限公司印刷

*

880毫米×1230毫米 32开本 5.375印张 80千字

2016年7月第1版 2022年12月第4次印刷

ISBN 978-7-200-11981-7

定价：34.00元

质量监督电话：010-58572393

序　　言

袁行霈

“大家小书”，是一个很俏皮的名称。此所谓“大家”，包括两方面的含义：一、书的作者是大家；二、书是写给大家看的，是大家的读物。所谓“小书”者，只是就其篇幅而言，篇幅显得小一些罢了。若论学术性则不但不轻，有些倒是相当重。其实，篇幅大小也是相对的，一部书十万字，在今天的印刷条件下，似乎算小书，若在老子、孔子的时代，又何尝就小呢？

编辑这套丛书，有一个用意就是节省读者的时间，让读者在较短的时间内获得较多的知识。在信息爆炸的时代，人们要学的东西太多了。补习，遂成为经常的需要。如果不善于补习，东抓一把，西抓一把，今天补这，明天补那，效果未必很好。如果把读书当成吃补药，还会失去读书时应有的那份从容和快乐。这套丛书每本的篇幅都小，读者即使细细地阅读慢慢地体味，也花不了多少时间，可以充分享受读书的乐趣。如果把它们当成补药来吃也行，剂量小，吃起来方便，消化起来也容易。

我们还有一个用意，就是想做一点文化积累的工作。把那些经过时间考验的、读者认同的著作，搜集到一起印刷出版，使之不至于泯没。有些书曾经畅销一时，但现在已经不容易得到；有些书当时或许没有引起很多人注意，但时间证明它们价值不菲。这两类书都需要挖掘出来，让它们重现光芒。科技类的图书偏重实用，一过时就不会有太多读者了，除了研究科技史的人还要用到之外。人文科学则不然，有许多书是常读常新的。然而，这套丛书也不都是旧书的重版，我们也想请一些著名的学者新写一些学术性和普及性兼备的小书，以满足读者日益增长的需求。

“大家小书”的开本不大，读者可以揣进衣兜里，随时随地掏出来读上几页。在路边等人的时候，在排队买戏票的时候，在车上、在公园里，都可以读。这样的读者多了，会为社会增添一些文化的色彩和学习的气氛，岂不是一件好事吗？

“大家小书”出版在即，出版社同志命我撰序说明原委。既然这套丛书标示书之小，序言当然也应以短小为宜。该说的都说了，就此搁笔吧。

俞陛云释词“义”和“趣”

马东瑶

俞陛云（1868—1950），浙江德清人，字阶青，别号斐盦、乐静、乐静居士，晚号乐静老人、存影老人、娱堪老人，室名乐静堂、绚华室，近代知名学者、诗人，是清末经学大师俞樾之孙，现代著名文学家俞平伯之父。

《唐五代两宋词选释》是俞陛云编撰的著名唐宋词选本，曾以《唐词选释》《五代词选释》《南唐二主词辑述》与《宋词选释》为题陆续发表；这次前三种以《唐五代词境浅说》为名，第四种易名《两宋词境浅说》，分别收入“大家小书”。这个选释，或者两种词境浅说，共收唐词23家，60首；五代词25家，183首；宋词72家，666首。合计词人120家，词909首，非常丰富。

本书有着鲜明的选编特色，按俞陛云在《五代词选释·序》中所说，在于“申其义而畅其趣”。以下将就其“义”和“趣”略作申述。

俞陛云认同张惠言“寄托”说，在唐和五代词选释的两篇序中，都强调了词人“以曼辞俳体寓其忠笃悱恻之思”的特色；于具体的词作阐释中，也每每知人论世，着意申发作者翠帘红袖的书写背后的家国之思、怨悱之旨和黍离之叹。如唐代选温庭筠词最多，共13首，又以《菩萨蛮》四首为首，在词后释读中，俞陛云指出：“张皋文云‘此感士不遇也’，词中‘青琐金堂，故国吴宫，略露寓意’，其言妆饰之华妍，乃‘《离骚》初服之意’。”不同于将温庭筠词多归于“应歌之作”的现代阐释，俞陛云将温词纳入了诗歌史的香草美人引类譬喻系统。俞氏又选张志和《渔歌子》词5首，释之曰：“自来高洁之士，每托志渔翁”；“观其每首结句，君子固穷，达人知命，襟怀之超逸可知。”在五代词中，则选冯延巳词50首、李煜词27首、韦庄词16首，同样以君国之思阐发之。如评冯延巳：“南唐末造，冯蒿目时艰，姑以愁罗恨绮之词，寓忧盛危明之意耳……旨隐而词微，其忧危之念，借词以发之。”选李煜词虽不及冯延巳多，但据王仲闻《南唐二主词校订》，李煜现存词共33首、附录20首，则俞本27首的选目已过半数。多选李煜词，同样是因其以词抒写遭逢亡国的哀思绮恨。

在两宋词中，与现代阐释的最重苏轼、辛弃疾、李清照等不同，俞陛云选词最多的是周邦彦65首、张炎60首、吴文英54首、贺铸42首，另有王沂孙、周密、史达祖等选词都在30首以上，与苏、辛不相上下。这些词人中，除了周邦彦是俞陛云在艺术上最为看重的格律派之祖（书中引夏孙桐语将之视为“与史迁之文、杜陵之诗同为古今绝作，无与抗手者”的“词中之圣”），其他多为南宋中后期乃至易代之际的作家，俞氏每每叹息于词中的君国之思、黍离之感，其中或许有着他历经清朝覆灭、民国变乱、日人侵华等种种遭际的切身体会吧。如俞氏选遗民词人张炎的词共60首，为南宋之冠。张炎推赏姜夔词的“清空”“骚雅”，自身词作亦多有此特色。俞陛云也提到：“玉田与姜白石齐名，世有姜张之目。”然而姜夔存词80余首，俞氏只选了21首，张炎存词150首，俞氏选词60首，显然更重玉田。且他在词后释读中称张炎“佳句尚多，附录于后”，又选录了张炎16首词中的句子，对张炎可谓格外偏爱。其缘由，除了艺术上的“雅丽”，恐与张炎词的君国之思、黍离之感有莫大关系。

至于“趣”，则是艺术表现上的佳妙之处。俞氏虽重视词中“寄托”，却并不拘泥于此，指出：“亦有返虚入浑，以无寄托为高者。”综观俞氏的词序与选释，既能在具体作品的品评中分析章法、句法和词境，将不同词家的个性风貌简语道出，又体现出对词史发展的总体把握。如俞氏论唐词，“群贤瓣香于两宋，而唐贤实为之基始”；论五代词则曰：“承六朝乐府之余响，为秦、黄、欧、晏之传薪，其文丽以则，其气高而浑，卓然风人之正轨也”；“嗣响唐贤，悉可被之乐章，重在音节谐美，不在雕饰字句。而能手作之，声文并茂。”指出两宋词是词史上最繁盛的时期，而其奠基则在唐代，再往上追溯，则是六朝乐府，从而将词史归于大诗歌史，体现出对词的“尊体”态度。另一方面，俞氏则颇有“崇古”之意，他虽欣赏南宋格律词的精深华美，却又往往赞叹唐五代词的“格高气盛”“调高意远”，称其音节谐美，浑然天成，将之树为词的高标。

俞氏在具体作品的探讨中，亦往往贯穿其词史观，注意词在不同时期、不同作家笔下的发展流变。如评李珣《南乡子》八首：“咏南荒风景，唐人诗中以柳子厚为多。……荔子轻红，桄榔深碧，猩啼暮雨，象渡瘴溪，更萦以艳情，为词家特开新采。”指出李珣词题材内容上的新变。俞氏还常在与诗的比较中凸显其词体意识。如评吴文英《满江红·淀山湖》曰：“‘疏钟’二句极有疏隽之味，是词句，非七律中句，且系宋人佳咏，非唐人风格。”其中不仅涉及词与诗的文体差别，更涉及宋诗与唐诗的风格差别，读者若细细体味，必有所得。俞氏又引《弇州山人词评》称李璟《摊破浣溪沙》“青鸟不传云外信，丁香空结雨中愁”二句为：“非律诗俊语乎？然是天成一段词也，著诗不得”，同样论及词中七言与律诗七言的差异。至于评辛弃疾《鹧鸪天》（陌上柔桑破嫩芽）一类“稼轩集中多雄慨之词，纵横之笔，此调乃闲放自适，如听雄笳急鼓之余，忽闻渔唱在水烟深处，为之意远”，则是以诗意之语写艺术之“趣”，不难看出《二十四诗品》的诗学遗韵。

本书编撰于上世纪四十年代，书中难免存在一些当时尚未发现的文献舛误。如书中所选李璟《浣溪沙》（风压轻云贴水飞）实为苏轼作，《帝台春》（芳草碧色）实为宋李甲作；李煜《长相思》（一重山）实为宋邓肃作，《浣溪沙》（转烛飘蓬一梦归）实为冯延巳作。读者当明辨之。

至于俞氏不选李清照、少选柳永，乃其词学观之体现，自是不可苛求。

2016年1月2日

目　录

唐词选释　六十首

后晋

唐词选释 六十首

叙

世之习词者，群奉瓣香于两宋，而唐贤实为之基始，采六朝乐府之音，以制新律。李白以后，若温、王、刘、韦，作者十数人，皆一代诗豪，以余事为长短句，其肫然忠爱，蕴而莫宣，则涉笔于翠帘红袖闲，以达其怨悱之旨。但沅芷、澧兰，固楚累所托想；亦有返虚入浑，以无寄托为高者，刻舟求剑，或转失之。故蜀之《花间》，宋之《草堂》《花庵》，昔操选政者，但有去取，不加评议。余为便于初学计，取唐贤之词，循其文而申其意，蠡测之见，于昔贤宏旨微言，恐未能曲当也。庚辰花朝，七十三叟俞陛云识于故都乐静居。

李白　四首

菩萨蛮

平林漠漠烟如织。寒山一带伤心碧。暝色入高楼。有人楼上愁。　　玉阶空伫立。宿鸟归飞急。何处是归程。长亭连短亭。

太白仙才旷世，即小令亦高挹群言。以字句论，首二句写登高晚眺，极目平林，林外更寒山一碧，乃高楼所见也。林霭浓织及山光入暮逾青，乃薄暝之时也。故三句以“暝色入高楼”承接之。四句言楼上愁人，叙入本意。下阕“玉阶”“宿鸟”二句承高楼及暝色而言，且有鸟归而人未归、空劳伫立之意。故接以何处归程。结句“长亭连短亭”，则归程愈盼愈远，见离愁之无尽也。

以词格论，苍茫高浑，一气回旋。黄叔畅称此词及《忆秦娥》词为“百代词曲之祖”。

忆秦娥

箫声咽。秦娥梦断秦楼月。秦楼月。年年柳色，灞陵伤别。

乐游原上清秋节。咸阳古道音尘绝。音尘绝。西风残照，汉家陵阙。

此词自抒积感，借闺怨以写之，因身在秦地，即以秦女箫声为喻。起笔有飘飘凌云之气。以下接写离情，灞桥折柳，为迁客征人伤怀之处，犹劳劳亭为自古送行之地，太白题亭上诗“春风知别苦，不遣柳条青”，同此感也。下阕仍就秦地而言，乐游原上，当清秋游赏之时，而古道咸阳，乃音尘断绝，悲愉之不同如是。古道徘徊，既所思不见，而所见者，惟汉代之遗陵废阙，留残状于西风夕照中。一代帝王，结局不过如是，则一身之伤离感旧，洵命之衰耳。结二句俛仰今古，如闻变徵之音。

清平乐令

禁庭春昼。莺羽披新绣。百草巧求花下斗。只赌珠玑满斗。日晚却理残妆。御前闲舞霓裳。谁道腰支窈窕，折旋消得君王。

此太白在翰林时应制之作。先言禁庭春暖，斗草奢华。后言歌舞邀恩，翩嬛旋折，以取媚君王，不惜腰支约瘦，如楚宫之服“息肌丸”，意殆讽谐弄之臣耶？

前调

禁帏秋夜。月探金窗罅。玉帐鸳鸯喷沉麝。时落银灯香灺。女伴莫话孤眠。六宫罗绮三千。一笑皆生百媚，宸游教在谁边。

前首言昼景，此言夜景，丽句妍词，想见唐宫春色。转头处言粉黛列屋而居，争怜希宠，延伫羊车，以应制体而词乃尽态取妍，可见当时禁令之宽，故飞燕新妆，不嫌唐突也。成肇麐辑《唐五代词选》录太白《清平乐》一首，其词云：“烟深水阔。音信无由达。惟有碧天云外月。偏照悬悬离别。　尽日感事伤怀。愁眉似锁难开。夜夜长留半被，待君魂梦归来。”按《花庵词选》云：“唐吕鹏《遏云集》载应制词四首，以后二首无清逸气韵，疑非太白所作。”今观其“烟深水阔”一首，语近宫怨，与前二首不类，或他稿误入。

杨玉环　一首

阿那曲

罗袖动香香不已。红蕖袅袅秋烟里。轻云岭下乍摇风，嫩柳池塘初拂水。

贵妃精音律，故词取协调，被诸管弦，而句不求工。既言秋烟芙蕖，又言嫩柳初拂，物候亦失序。贵妃逸事夥矣，词则仅此一首，姑录于卷。

张志和　五首

渔歌子　五首

西塞山前白鹭飞。桃花流水鳜鱼肥。青箬笠，绿蓑衣。斜风细雨不须归。

青草湖中月正圆。巴陵渔父棹歌连。钓车子，橛头船。乐在风波不用仙。

松江蟹舍主人欢。菰饭莼羹亦共餐。枫叶落，荻花干。醉宿渔舟不觉寒。

霅溪湾里钓鱼翁。舴艋为家西复东。江上雪，浦边风。笑着荷衣不叹穷。

钓台渔父褐为裘。两两三三舴艋舟。能纵棹，惯乘流。长江白浪不须忧。

自来高洁之士，每托志渔翁，访尚父于磻溪，讽灵均于湘浦，沿及后贤，见于载籍者夥矣。而轩冕之士，能身在江湖者，实无几人。志和固手把钓竿者，而词言“西塞”“巴陵”“松江”“霅溪”“钓台”，地兼楚越，非一舟能达，则此词亦托想之语，初非躬历。然观其每首结句，君子固穷，达人知命，襟怀之超逸可知。“桃花流水”句，尤世所传诵。

刘长卿　一首

谪仙怨

晴川落日初低。惆怅孤舟解携。鸟向平芜远近，人随流水东西。　　白云千里万里，明月前溪后溪。独恨长沙谪去，江潭春草萋萋。

长卿由随州左迁睦州司马，于祖筵之上，依江南所传曲调，撰词以被之管弦。“白云千里”，怅君门之远隔；“流水东西”，感谪宦之无依，犹之昌黎南去，拥风雪于蓝关；白傅东来，泣琵琶于浔浦，同此感也。

韩翃 一首

章台柳

章台柳。章台柳。往日依依今在否。纵使长条似旧垂，也应攀折他人手。

此词窥作者之意，若谓台边垂柳，曾依依向我，而珍护无从，尽他日旁人攀折，何情之深耶！若谓春到人间，年复一年，长条自发，一任思妇征人攀条赠别，清泪盈怀，而柳枝不识不知，青青终古，又何其旷达也。夫帝室河山，豪家楼阁，刹那即物换星移，又何异台边折柳乎？

柳氏　一首

杨柳枝

杨柳枝，芳菲节。可恨年年赠离别。一叶随风忽报秋，纵使君来岂堪折。

折枝赠别，已觉可伤；若秋来欲折无由，谁能堪此！与“莫待无花空折枝”诗意相似。一言须惜少年，一言勿轻离别，皆王武子所谓情文相生也。

戴叔伦 一首

调笑令

边草。边草。边草尽来兵老。山南山北雪晴。千里万里月明。明月。明月。胡笳一声愁绝。

唐代吐蕃、回纥，迭起窥边，故唐人诗词，多言征戍之苦。当塞月孤明，角声哀奏，正征人十万碛中回首之时。李陵所谓“胡笳互动”“只令人悲增忉怛耳”。

韦应物　二首

调笑令　二首

胡马。胡马。远放燕支山下。跑沙跑雪独嘶。东望西望路迷。迷路。迷路。边草无穷日暮。

河汉。河汉。晓挂秋城漫漫。愁人起望相思。塞北江南别离。离别。离别。河汉虽同路绝。

上首言胡马东西驰突，终至边草路迷，犹世人营扰一生，其归宿究在何处？下首言人虽南北遥睽，而仰视河汉，千里皆同。有少陵“依斗望京”、白傅“共看明月”之意。而河汉在空，人天路绝，下视尘寰，尽痴男骇女，诉尽离愁，固不值双星一笑。此二词见韦苏州托想之高。

王建　六首

古调笑

团扇。团扇。美人病来遮面。玉颜憔悴三年。谁复商量管弦。弦管。弦管。春草昭阳路断。

前调

胡蝶。胡蝶。飞上金花枝叶。君前对舞春风。百叶桃花树红。红树。红树。燕语莺啼日暮。

前调

杨柳。杨柳。日暮白沙渡口。船头江水茫茫。商人少妇断肠。肠断。肠断。鹧鸪夜来失伴。

前调

罗袖。罗袖。暗舞春风已旧。遥看歌舞玉楼。好日新妆坐愁。愁坐。愁坐。一世虚生虚过。

第一首言管弦抛掷，写宫怨之正面。次首言莺燕嬉酣，写宫怨之侧面。三首感商妇之飘零。四首怅芳华之迟暮。四词节短韵长，独弹古调，以“团扇”“胡蝶”“杨柳”“罗袖”为起笔，诗经之比体也。意随调转，如“弦管”“管弦”句，音节亦流动生资，倘使红牙按拍，应怨入落花矣。

三台令

池北池南草绿，殿前殿后花红。天子千秋万岁，未央明月清风。

前调

鱼藻池边射鸭，芙蓉苑里看花。日色赭袍相似，不着红鸾扇遮。

此调一名《翠华引》，乃应制之作。上首言宝殿清池，萦带花草，游赏于风清月白时，写宫掖承平之象，犹穆满之万年为乐也。次首“看花”“射鸭”，虽游戏而不禁人观，龙鳞日绕，群识圣颜。二词皆台阁体，录之以备一格。其浑成处，想见盛唐词格。

刘禹锡　三首

忆江南

春去也，多谢洛城人。弱柳从风疑举袂，丛兰浥露似沾巾。独坐亦含颦。

作伤春词者，多从送春人着想。此独言春将去而恋人，柳飘离袂，兰浥啼痕，写春之多情，别饶风趣，春犹如此，人何以堪！

潇湘神　二首

湘水流。湘水流。九疑云物至今愁。若问二妃何处所，零陵芳草露中秋。

斑竹枝。斑竹枝。泪痕点点寄相思。楚客欲听瑶瑟怨，潇湘深夜月明时。

此九疑怀古之作。当湘帆九转时，访英皇遗迹，而芳草露寒，五铢珮远，既欲即而无从，则相思所寄，惟斑竹之“泪痕”；哀响所传，惟夜寒之“瑶瑟”，亦如萼绿华之来无定所也。李白诗“白云明月吊湘娥”与此词之“深夜月明”，同其幽怨。

白居易　二首

长相思

深画眉。浅画眉。蝉鬓鬅鬙云满衣。阳台行雨回。　巫山高，巫山低。暮雨潇潇郎不归。空房独守时。

先言其妆饰，风鬟雾鬓，约步而来。次言其情思，虚帷听雨，其寥寂可知。转头以巫山高低，联合上下文之“阳台”“暮雨”，句法细密。长短句本嗣响乐府，此首音节，饶有乐府之神。

前调

汴水流。泗水流。流到瓜州古渡头。吴山点点愁。　思悠悠。恨悠悠。恨到归时方始休。月明人倚楼。

此词若“晴空冰柱”，通体虚明，不着迹象，而含情无际。由汴而泗而江，心逐流波，愈行愈远，直至天末吴山，仍是愁痕点点，凌虚着想，音调复动宕入古。第四句用一“愁”字，而前三句皆化“愁”痕，否则汴泗交流，与人何涉耶！结句盼归时之人月同圆，昔日愁眼中山色江光，皆入倚楼一笑矣。《花庵词选》评此二词，谓“非后世作者所及”。

段成式　一首

闲中好

闲中好，尘务不萦心。坐对当窗木，看移三面阴。

郑、段二词调名同，用意亦同。一用仄韵，一用平韵，皆本体也。郑言人在松阴，但听风传僧语，乃耳闻之静趣；段言清昼久坐，看日影之移尽，乃目见之静趣，皆写出静者之妙心。

皇甫松　九首

摘得新

酌一卮。须教玉笛吹。锦筵红蜡烛，莫来迟。繁红一夜经风雨，是空枝。

清景一失，如追亡逋，少年不惜，老大徒悲。谪仙之秉烛夜游，即锦筵红烛意也。

竹枝　六首

槟榔花发、鹧鸪啼。雄飞烟瘴、雌亦飞。

木棉花尽、荔支垂。千花万花、待郎归。

芙蓉并蒂、一心连。花侵槅子、眼应穿。

筵中蜡烛、泪珠红。合欢桃核、两人同。
斜江风起、动横波。擘开莲子、苦心多。
山头桃花、谷底杏。两花窈窕、遥相映。

此南方“竹枝”“女儿”词也。虽皆缘情靡曼之音，而未乖贞则，音节古艳可诵。

梦江南　二首

兰烬落，屏上暗红蕉。闲梦江南梅熟日，夜船吹笛雨潇潇。人语驿边桥。

楼上寝，残月下帘旌。梦见秣陵惆怅事，桃花柳絮满江城。双髻坐吹笙。

调倚《梦江南》，两词皆其本体。江头暮雨，画船闻桃叶清歌；楼上清寒，笙管擫刘妃玉指，语语带六朝烟水气也。

温庭筠　十三首

菩萨蛮　四首

小山重叠金明灭。鬓云欲度香腮雪。懒起画蛾眉。弄妆梳洗迟。　　照花前后镜。花面交相映。新帖绣罗襦。双双金鹧鸪。

南园满地堆轻絮。愁闻一霎清明雨。雨后却斜阳。杏花零落香。　　无言匀睡脸。枕上屏山掩。时节欲黄昏。无聊独倚门。

翠翘金缕双鸂鶒。水纹细起春池碧。池上海棠梨。雨晴红满枝。　　绣衫遮笑靥。烟草黏飞蝶。青琐对芳菲。玉关音信稀。

水晶帘里玻璃枕。暖香惹梦鸳鸯锦。江上柳如烟。雁飞残月天。　　藕丝秋色浅。人胜参差剪。双鬓隔香红。玉钗头上风。

飞卿词极流丽，为《花间集》之冠。《菩萨蛮》十四首，尤为精湛之作。兹从《花庵词选》录四首以见其概。十四首中言及杨柳者凡七，皆托诸梦境。风诗托兴，屡言杨柳，后之送客者，攀条赠别，辄离思黯然，故词中言之，低回不尽，其托于梦境者，寄其幽渺之思也。张皋文云“此感士不遇也”，词中“青琐金堂，故国吴宫，略露寓意”，其言妆饰之华妍，乃“《离骚》初服之意”。

更漏子

柳丝长，春雨细。花外漏声迢递。惊塞雁，起城乌。画屏金鹧鸪。　香雾薄。透帘幕，惆怅谢家池阁。红烛背，绣帘垂。梦长君不知。

《更漏子》四首，与《菩萨蛮》词同意。“梦长君不知”即《菩萨蛮》之“心事竟谁知”“此情谁得知”也。前半词意以鸟为喻，即引起后半之意。塞雁、城乌，俱为惊起，而画屏上之鹧鸪，仍漠然无知，犹帘垂烛背，耐尽凄凉，而君不知也。

前调

玉垆香，红蜡泪。偏照画堂秋思。眉翠薄，鬓云残。夜长衾枕寒。　　梧桐树。三更雨。不道离情正苦。一叶叶，一声声。空阶滴到明。

此首亦以上半阕引起下文。惟其锦衾角枕，耐尽长宵，故桐叶雨声，彻夜闻之。后人用其词意入诗云："枕边泪共窗前雨，隔个窗儿滴到明。"加一泪字，弥见离情之苦。但语意说尽，不若此词之含浑。

前调

背江楼，临海月。城上角声呜咽。堤柳动，岛烟昏。两行征雁分。　　京口路。归帆渡。正是芳菲欲度。银烛尽，玉绳低。一声村落鸡。

就行役昏晓之景，由城内而堤边，而渡口，而村落，次第写来，不言愁而离愁自见。其“征雁”句寓分手之感。唐人七岁女子诗“所嗟人异雁，不作一行飞”，亦即此意。结句与飞卿《过潼关》诗“十里晓鸡关树暗，一行寒雁陇云愁”、清真词“露寒人远鸡相应”，皆善写晓行光景。

前调

星斗稀。钟鼓歇。帘外晓莺残月。兰露重，柳风斜。满庭堆落花。　虚阁上。倚阑望。还似去年惆怅。春欲暮，思无穷。旧欢如梦中。

此首总结四首。张皋文评云：“‘兰露重’三句与‘塞雁’‘城乌’义同。”下阕追忆去年已在惆怅之时，则此日旧欢回首，更迢遥若梦矣。此调各家所选不同，皋文未录“背江楼”一首，成氏《唐五代词选》亦未录此首而录“相见稀”一首，今从《花庵词选》录四首。其“相见稀”一首，附录于后：“相见稀，相忆久。眉浅淡烟如柳。垂翠幕，结同心。待郎熏绣衾。　城上月。白如雪。蝉鬓美人愁绝。宫树暗，鹊桥横。玉签初报明。”

忆江南

梳洗罢，独倚望江楼。过尽千帆皆不是，斜晖脉脉水悠悠。肠断白蘋洲。

“千帆”二句窈窕善怀，如江文通之“黯然消魂”也。

蕃女怨　二首

万枝香雪开已遍。细雨双燕。钿蝉筝，金雀扇。画梁相见。雁门消息不归来。又飞回。

碛南沙上惊雁起。飞雪千里。玉连环，金镞箭。年年征战。画楼离恨锦屏空。杏花红。

唐人每作征人、思妇之诗，此词意亦犹人，其擅胜处在节奏之哀以促，如闻急管么弦。此词借燕雁以寄怀。集中尚有《遐方怨》二首，有“断肠潇湘春雁飞”“梦残惆怅闻晓莺”句。《定西番》三首有“雁来人不来”“肠断塞门消息，雁来稀”句，亦借莺雁以寄离情，其意境与《蕃女怨》词相类。

河传

湖上。闲望。雨潇潇。烟浦花桥路遥。谢娘翠娥愁不消。终朝。梦魂迷晚潮。　荡子天涯归棹远。春已晚。莺语空肠断。若耶溪，溪水西。柳堤。不闻郎马嘶。

此调音节特妙处，在以两字为一句，如“终朝”“柳堤”，与下句同韵，句断而意仍连贯，飞卿更以风华掩映之笔出之，洵金荃能手。

清平乐

洛阳愁绝。杨柳花飘雪。终日行人争攀折。桥下水流呜咽。上马争劝离觞。南浦莺声断肠。愁杀平原年少，回首挥泪千行。

通是写离人情事，结句尤佳。临歧忍泪，恐益其悲，更难为别。至别后回头，料无人见，始痛洒千行之泪，洵情至语也。后人有出门诗云："欲泣恐伤慈母意，出门方洒泪千行。"此意于别母时赋之，弥见天性之笃。

窦弘馀 一首

广谪仙怨

胡尘犯阙冲关。金辂提携玉颜。云雨此时萧散，君王何日归还。　　伤心朝恨暮恨，回首千山万山。独望天边初月，蛾眉犹自弯弯。

明皇幸蜀，登高遥辞陵庙，泣曰："吾听九龄之言，不至于此。"在马上索长笛，吹此曲，谓有司曰："吾意在九龄。可名此曲为《谪仙怨》。"其音怨切，传称为剑南神曲。长卿谱此曲，而未知其本事。弘馀云："余备知其事。"因撰其词，命乐工吹之。其词意先序偕杨妃西巡之事，继言天边初月，犹似蛾眉，谓其追忆杨妃也。后人或言杨妃未死，为之辩证，岂弘馀亦知其潜遁，故言蛾眉犹似，隐约其词耶？

康骈　一首

广谪仙怨

晴山碍目横天。绿叠君王马前。銮辂西巡蜀国，龙颜东望秦川。　曲江魂断芳草，妃子愁凝暮烟。长笛此时吹罢，何言独为婵娟。

此词原序谓刘随州固未知制曲意。而窦使君“但以贵妃为怀”，未及九龄之事。“骈因更广其词，盖欲两全其事”云。观康骈此词，述明皇感旧，兼及思贤之意，而《谪仙怨》本意了然。袁随园诗“金鉴果教言在耳，玉环何至泪沾衣”，即此意也。

司空图　一首

酒泉子

买得杏花，十载归来方始坼。假山西畔药阑东。满枝红。

旋开旋落旋成空。白发多情人更惜。黄昏把酒祝东风。且从容。

表圣为唐末完人，此词借花以书感。明知花落成空，而酹酒东风，乞驻春光于俄顷，其志可哀。表圣有绝句云："故国春归未有涯。小栏高槛别人家。五更惆怅回孤枕，犹自残灯照落花。"与此词同慨，隐然有《黍离》之怀也。

郑符 一首

闲中好

闲中好，尽日松为侣。此趣人不知，轻风度僧语。

韩偓　二首

生查子

侍女动妆奁，故故惊人睡。那知本未眠，背面偷垂泪。

前调

懒卸凤皇钗，羞入鸳鸯被。时复见残灯，和烟坠金穗。

二词皆咏闺怨。前首言已是清夜无眠，而泪痕界粉，复背面偷垂，以三折笔写之；次首言已是绣衾不展，而静见残灯坠穗，且夜深时复见之，亦三折写来，皆善状闺怨之深也。

李晔　一首

巫山一段云

蝶舞梨园雪，莺啼柳带烟。小池残日艳阳天。苎萝山又山。

青鸟不来愁绝。忍看鸳鸯双结。春风一等少年心。闲情恨不禁。

古乐府“山上有山”言人之出也。“苎萝山”句殆用此语，故接以“青鸟不来”之句。人生最乐光阴，莫若少年时，而淹忽易过，少焉瞩之，已化为古。宋人谢懋词“老年常忆少年狂”、章良能词“旧游无处不堪寻。无寻处，惟有少年心”。与昭宗“少年心”句，有同感也。

张曙 一首

浣溪沙

枕障熏炉隔绣帏，二年终日苦相思，杏花明月始应知。
天上人间何处去，旧欢新梦觉来时，黄昏微雨画帘垂。

第三句问消息于杏花，以年计也；诉愁心于明月，以月计也。乃申言第二句二年相思之苦。下阙新愁旧恨，一时并集，况“帘垂”“微雨”之时，与玉溪生“更无人处帘垂地”句相似，殆有帷屏之悼也。

王丽真　一首

字字双

床头锦衾斑复斑。架上朱衣殷复殷。空庭明月闲复闲。夜长路远山复山。

前二句叠用“斑”字、“殷”字，见衣饰之华，喻己才学之美，犹屈子崔巍之冠、陆离之剑也。后二句叠用“闲”字、“山”字，见独旦之悲及离人之远，颇具乐府风格。

佚名 一首

后庭宴

千里故乡，十年华屋。乱魂飞过屏山簇。眼重眉褪不胜春，菱花知我消香玉。　　双双燕子归来，应解笑人幽独。断歌零舞，遗恨清江曲。万树绿低迷，一庭红扑簌。

千里之遥，十年之久，而知其憔悴者，惟有菱花，其踪迹之销匿可知。观“遗恨清江”句，殆唐末遗民，自晦其姓名者。以其姓名无考，诸选家有列于唐末者，有附于五代者，未能确定也。

五代词选释 一百八十三首

叙

五代当圉蒙之际，残民如草，易君如棋。士大夫忧生念乱，浮沉其间，积感欲宣，而昌言虑祸，辄以曼辞俳体，寓其忠笃悱恻之思，《黍离》咏叹，亦时见于其间。茹苦于心，而其词则乱，良足伤矣。论其词格，承六朝乐府之余响，为秦、黄、欧、晏之传薪，其文丽以则，其气高而浑，卓然风人之正轨也。余既为《唐词选释》示词社诸子，复取五代词，择百余调，加以笺释，以申其义而畅其趣。俾初习词者，审其径途，以渐窥其堂奥焉。庚辰二月花朝乐静居士俞陛云识。时年七十又三。

后唐

李承勳 二首

如梦令

曾宴桃源深洞。一曲清歌舞凤。长记别伊时，和泪出门相送。如梦。如梦。残月落花烟重。

五代词嗣响唐贤，悉可被之乐章，重在音节谐美，不在雕饰字句。而能手作之，声文并茂。此词“残月落花”句以闲淡之景，寓浓丽之情，遂启后代词家之秘钥。

一叶落

一叶落。搴珠箔。此时景物正萧索。画楼月影寒，西风吹罗幕。吹罗幕。往事思量着。

《花庵》及皋文《词选》皆录南唐二主，未录后唐。董毅《续词选》录庄宗《如梦令》一首。庄宗尚有《一叶落》词，其佳处在结句与《如梦令》同一机局。“残月落花”句寓情于景，用兴体也。“往事思量”句直书己意，用赋体也。因悲愁而怀旧，情耶怨耶？在“思量”两字中索之。

后晋

和凝　六首

小重山

春入神京万木芳。禁林莺语滑，蝶飞狂。晓花擎露妬啼妆。红日永，风和百花香。　烟锁柳丝长。御沟澄碧水，转池塘。时时微雨洗风光。天衢远，到处引笙簧。

和凝当后晋全盛之时，身居相位，此作乃承平《雅》《颂》声也。

喜迁莺

晓月坠，宿云披。银烛锦屏帷。建章钟动玉绳低。宫漏出花迟。　春态浅。来双燕。红日渐长一线。严妆欲罢啭黄鹂。飞上万年枝。

《草堂诗馀》云："此作与《小重山》词意相似。"

渔父

白芷汀寒立鹭鸶。蘋风轻剪浪花时。烟幂幂，日迟迟。香引芙蓉惹钓丝。

凡赋《渔父》词者，多作高隐之语。此词专赋本题，鹭立寒汀，蘋风剪浪，写水天风景，而扁舟蓑笠翁宛在其间。结句袅袅竿丝，摇曳于芙蓉香里，颇堪入画也。

天仙子

洞口春红飞蔌蔌。仙子含愁眉黛绿。阮郎何事不归来，懒烧金，慵篆玉。流水桃花空断续。

花雨霏红，愁眉锁绿，年年流水依然，奈阮郎不返。写闺思而托之仙子，不作喁喁尔汝语，乃词格之高。

薄命女

天欲晓。宫漏穿花声缭绕。窗里星光少。　　冷露寒侵帐额，残月光沉树杪。梦断锦帷空悄悄。强起愁眉小。

词写天曙之状。先言窗内，次言窗外，皆描写景物。至“愁眉”句始表明闺怨。小令中于末句见本意者甚多，《草堂诗馀》云：“此词颇尽宫中幽怨之意。”

春光好

蘋叶软，杏花明。画船轻。双浴鸳鸯出绿汀。棹歌声。
春水无风无浪，春天半雨半晴。红粉相随南浦晚，几含情。

前半写烟波画船，见春光之好。后言浪静风微，乍晴乍雨，确是江南风景，绝好惠崇之图画也。

前蜀

韦庄　十六首

天仙子

蟾采霜华夜不分。天外鸿声枕上闻。绣衾香冷懒重熏。人寂寂，叶纷纷。才睡依前梦见君。

月冷霜严，雁啼月落，写长夜见闻之凄寂。注重在结句醒而复睡，依旧梦之，可知其“长毋相忘”也。

定西番

挑尽金灯红烬，人灼灼，漏迟迟。未眠时。斜倚银屏无语，闲愁上翠眉。闷杀梧桐残雨，滴相思。

佳处亦在结句，情景兼到，与飞卿《更漏子》词“空阶滴到明”句相似。

菩萨蛮　四首

红楼别夜堪惆怅。香灯半卷流苏帐。残月出门时。美人和泪辞。　　琵琶金翠羽。弦上黄莺语。劝我早归家。绿窗人似花。

人人尽说江南好。游人只合江南老。春水碧于天。画船听雨眠。　　炉边人似月。皓腕凝霜雪。未老莫还乡。还乡须断肠。

如今却忆江南乐。当时年少春衫薄。骑马倚斜桥。满楼红袖招。　　翠屏金屈曲。醉入花丛宿。此度见花枝。白头誓不归。

洛阳城里春光好。洛阳才子他乡老。柳暗魏王堤。此时心转迷。　　桃花春水绿。水上鸳鸯浴。凝恨对残晖。忆君君不知。

端己奉使入蜀，蜀王羁留之，重其才，举以为相，欲归不得，不胜恋阙之思。此《菩萨蛮》词四章，乃隐寓留蜀之感。首章言奉使之日，僚友赠行，家人泣别，出门惘惘，预订归期。次章“江南好”指蜀中而言。皓腕相招，喻蜀王縻以好爵；还乡肠断，言中原板荡，阻其归路。“未老莫还乡”句犹冀老年归去。而三章言“白头誓不归”者，以朱温篡位，朝市都非，遂决意居蜀，应楼中红袖之招。见花枝而一醉，喻留相蜀王，但身不能归，而怀乡望阙之情，安能恝置？故四章致其乡国之思。洛池风景，为唐初以来都城胜处，魏堤柳色，回首依依。结句言“忆君君不知”者，言君门万里，不知羁臣恋主之忱也。

木兰花

独上小楼春欲暮。愁望玉关芳草路。消息断，不逢人，却敛细眉归绣户。　坐看落花空太息。罗袂湿斑红泪滴。千山万水不曾行。魂梦欲教何处觅。

此词意欲归唐，与《菩萨蛮》第四首同。结句言水复山重，梦魂难觅，与沈休文诗“梦中不识路，何以慰相思”，皆情至之语。

思帝乡

云髻坠，凤钗垂。髻坠钗垂无力，枕函欹。翡翠屏深月落，漏依依。说尽人间天上，两心知。

调倚《思帝乡》，当是思唐之作，而托为绮词。身既相蜀，焉能求谅于故君，结句言此心终不忘唐，犹李陵降胡，未能忘汉也。

上行杯

芳草灞陵春岸。柳烟深，满楼弦管。一曲离声肠寸断。
今日送君千万。红缕玉盘金镂盏。须劝。珍重意，莫辞满。

玩其词意，今日送君而忆及当日灞陵饯别，殆在蜀中送友归国，回思奉使之日，灞桥折柳，何等伤怀，君今无恙还乡，勿辞饮满，愈见己之穷年羁泊为可悲也。

荷叶杯

绝代佳人难得。倾国。花下见无期。一双愁黛远山眉。不忍更思惟。　　闲掩翠屏金凤。残梦。罗幕画堂空。碧天无路信难通。惆怅旧房栊。

前调

记得那年花下。深夜。初识谢娘时。水堂西面画帘垂。携手暗相期。　　惆怅晓莺残月。相别。从此隔音尘。如今俱是异乡人。相见更无因。

小重山

一闭昭阳春又春。夜寒宫漏永，梦君恩。卧思陈事暗消魂。罗衣湿，红袂有啼痕。　　歌吹隔重阍。绕庭芳草绿，倚长门。万般惆怅向谁论。凝情立，宫殿欲黄昏。

望远行

欲别无言倚画屏。含恨暗伤情。谢家庭树锦鸡鸣。残月落边城。　　人欲别，马频嘶。绿槐千里长堤。出门芳草路萋萋。云雨别来易东西。不忍别君后，却入旧香闺。

《古今词话》称韦庄为蜀王所羁，庄有爱姬，姿质艳美，兼工词翰。蜀王闻之，托言教授宫人，强夺之去。庄追念悒怏，作《荷叶杯》诸词，情意凄怨。《荷叶杯》之第一首言含怨入宫，次首回忆初见之时。《小重山》词则明言"一闭昭阳"，经年经岁，"红袂""黄昏"等句，设想其深宫之幽恨。《望远行》亦纪送别之时。四词中《荷叶杯》之前首及《小重山》，尤为凄恻。

谒金门

春雨足。染就一溪新绿。柳外飞来双羽玉。弄晴相对浴。

楼外翠帘高轴。倚遍阑干几曲。云淡水平烟树簇。寸心千里目。

此录其首章也。观其次首，有“天上嫦娥人不识”及“不忍把君书迹”句，则此首亦怀人之作。写春晴景物，倚阑凝望，而相忆之情目见。

清平乐

野花芳草。寂寞关山道。柳吐金丝莺语早。惆怅香闺暗老。

罗带悔结同心。独凭朱阑思深。梦觉半床斜月，小窗风触鸣琴。

此录其次章也。其首章云“故国音书隔”，又云“驻马西望销魂”，知此章亦思唐之意。其言悔结同心，倚阑深思者，身仕霸朝，欲退不可，徒费深思，迨梦觉而风琴触绪，斜月在窗，写来悲楚欲绝。

浣溪沙

夜夜相思更漏残。伤心明月凭阑干。想君思我锦衾寒。

咫尺画堂深似海，忆来惟把旧书看。几时携手入长安。

端己相蜀后，爱妾生离，故乡难返，所作词本此两意为多。此词冀其“携手入长安”，则两意兼有。端己哀感诸作，传播蜀宫，姬见之益恸，不食而卒。惜未见端己悼逝之篇也。

薛昭蕴　七首

女冠子

求仙去也。翠钿金篦尽舍。入岩峦。雾卷黄罗帔，云雕白玉冠。　　野烟溪洞冷，林月石桥寒。静夜松风下，礼天坛。

上阕平叙舍家入道。下阕“野烟”二句，不用香灯、梵唱等语，而虚写山野景色，自有出尘之致。结句松风静夜，顶礼天坛，想见黄绝入道、礼星瑶殿时也。偶忆近人诗：“花雨封瑶砌，香云护石坛。春风吹佛面，龙女鬓鬟寒。”同此静境。鹿虔扆、尹鹗皆有《女冠子》词，殆道女为当时风尚耶？

浣溪沙　四首

粉上依稀有泪痕。郡庭花落欲黄昏。远情深恨与谁论。记得去年寒食节，延秋门外卓金轮。日斜人散暗消魂。

握手河桥柳似金。蜂须轻惹百花心。蕙风兰思寄清琴。意满便同春水满，情深还似酒杯深。楚烟湘月两沉沉。

江馆清秋缆客船。故人相送夜开筵。麝烟兰焰簇花钿。正是断魂迷楚雨，不堪离恨咽湘弦。月高霜白水连天。

越女淘金春水上。步摇云鬓佩鸣珰。渚风江草又清香。不为远山凝翠黛，只应含恨向斜阳。碧桃花谢忆刘郎。

第一首纪初别，泪痕界粉，起句便从对面着笔，则“日斜人散”，消魂者不独一人也。二首纪重逢，“蜂须”句取譬微婉；下阕水满杯深，词笔亦酣墨饱；结句“楚烟湘月”，以荡漾之笔作结，非特语极含蓄，且引起下首楚江送别之意。三首纪送别，其第一首言“延安秋门”，此言“楚雨”，当是由秦地而之三楚；其第二首言“思寄清琴”，此言“湘弦”“离恨”，当是远行者雅善鼓琴，月高霜白之宵，七条弦上，宜其离心凄咽也。四首从行者着想，步摇插花，虽依然盛饰；而碧桃花下，斜阳凝盼，料知忆及刘郎，则己之湘云南望，离怀从可知矣。四首皆情殷语婉，六朝之余韵也，作者有《谒金门》调，结句云“早是相思肠欲断，忍教频梦见”，情致与此四词相似。

小重山

春到长门春草青。玉阶花露滴，月胧明。东风吹断紫箫声。宫漏促，帘外晓啼莺。　　愁极梦难成。红妆流宿泪，不胜情。手挼裙带绕花行。思君切，罗幌暗尘生。

前调

秋到长门秋草黄。画梁双燕去，出宫墙。玉箫无复理霓裳。金蝉坠，鸾镜掩休妆。　　忆昔在昭阳。舞衣红绶带，绣鸳鸯。至今犹惹御炉香。魂梦断，愁听漏更长。

两调之首句，非特相应，且音节入古。“裙带”句旧恨新愁，一时并赴，皆在绕花徐步之时。“尘生”句即“君王不到，草与阶平”之意。次首之下阕，忆昔年之荣宠，见今日之悲凉。“炉香”句恋罗袂之余薰，惜檀槽之余暖，怨而不怒，诗之教也。

牛峤 六首

江城子

鸡鹊飞起郡城东。碧江空。半滩风。越王宫殿，蘋叶藕花中。帘卷水楼鱼浪起，千片雪，雨濛濛。

越王台在越溪畔。四、五句谓霸图消歇，遗殿无存，但见红藕翠蘋，凄迷野水，与李白咏勾践诗“宫女如花满春殿，只今惟有鹧鸪飞”皆怀古苍凉之作。此词兼咏越溪风物，风吹雪浪，在空濛烟雨中，诗情与画景兼之。

望江怨

东风急。惜别花时手频执。罗帷愁独入。马嘶残雨春芜湿。倚门立。寄语薄情郎，粉香和泪泣。

当花时春好，而郎偏远出，临岐执手殷勤，留君不住，看驱马向平芜而去。懒入虚帏，姑立门前凝望，泪痕湿粉，而行者已遥，惟有寄语使知，以明我之相忆耳。三十五字中，次第写来，情调凄恻。

定西番

紫塞月明千里，金甲冷，戍楼寒。梦长安。　　乡思望中天阔，漏残星亦残。画角数声呜咽，雪漫漫。

唐五代时，边患迄无宁岁。诗人边塞之作，辄为思妇、征夫写其哀怨。夜月黄沙，角声悲奏，最易动战士之怀。如“碛里征人三十万，一时回首月中看”及“落日秋原画角声”句，皆状绝塞悲凉之景。此词之“紫塞月明”“角声呜咽”，亦同此意也。

菩萨蛮　二首

舞裙香暖金泥凤。画梁语燕惊残梦。门外柳花飞。玉郎犹未归。　　愁匀红粉泪。眉剪春山翠。何处是辽阳。锦屏春昼长。

绿云鬓上飞金雀。愁眉敛翠春烟薄。香阁掩芙蓉。画屏山几重。　　窗寒天欲曙。犹结同心苣。啼粉污罗衣。问郎何日归。

更漏子

南浦情，红粉泪。争奈两人深意。低翠黛，卷征衣。马嘶霜叶飞。　　招手别。寸肠结。还是去年时节。书托雁，梦归家。觉来江月斜。

晚唐五代之际，神州云扰，忧时之彦，陆沉其间，既谠论之不容，借俳语以自晦，其心良苦。温飞卿《菩萨蛮》词及《更漏子》乃感士之不遇，兼怀君国。此三词哀思绮恨，殆亦同之。

张泌 五首

浣溪沙

马上凝情忆旧游。照花淹竹小溪流。钿筝罗幕玉搔头。
早是出门长带月，可堪分袂又经秋。晚风斜日不胜愁。

前调

翡翠屏开绣幄红。谢娥无力晓妆慵。锦帷鸳被宿香浓。
微雨小庭春寂寞，燕飞莺语隔帘栊。杏花凝恨倚东风。

前调

偏戴花冠白玉簪。睡容新起意沉吟。翠钿金缕镇眉心。

小槛日斜风悄悄，隔帘零落杏花阴。断香轻碧锁愁深。

观“马上凝情”首句，则第一首自写离怀，次首乃代伊人着想。论其词意，可见离情之绵邈，往事之低徊；论其词句，可见晓起之娇慵，妆饰之妍华，风光之明媚，皆以清秀之笔写之。五代词之小令，每于末句见本意。此三词于首句见本意。观首句明言“忆旧游”，则以下皆回忆从前，乃倒装章法也。

南歌子

柳色遮楼暗，桐花落砌香。画堂开处远风凉。高卷水精帘额、衬斜阳。

前调

岸柳拖烟绿，庭花照日红。数声蜀魄入帘栊。惊断碧窗残梦、画屏空。

二词写明丽之韶光。“帘额斜阳”尤推秀句。结句云“残梦屏空”，则花明柳暗，皆春色恼人耳。

牛希济　二首

生查子

春山烟欲收，天淡星稀小。残月脸边明，别泪临清晓。

语已多，情未了。回首犹重道。记得绿罗裙，处处怜芳草。

前调

新月曲如眉，未有团栾意。红豆不堪看，满眼相思泪。

终日劈桃穰。人在心儿里。两朵隔墙花，早晚成连理。

上首言清晓欲别，次第写来，与《片玉词》之“泪花落枕红绵冷”词格相似。下阕言行人已去，犹回首丁宁，可见眷恋之殷。结句见天涯芳草，便忆及翠裙，表“长毋相忘”之意。第二首妍词妙喻，深得六朝短歌遗意，五代词中希见之品。

尹鹗 二首

满宫花

月沉沉，人悄悄。一炷后庭香袅。风流帝子不归来，满地禁花慵埽。　　离恨多，相见少。何处醉迷三岛。漏清宫树子规啼，愁锁碧窗春晓。

临江仙

深秋寒夜银河静，月明深院中庭。西窗幽梦等闲成。逡巡觉后，特地恨难平。　　红烛半条残焰短，依稀暗背银屏。枕前何事最伤情。梧桐叶上，点点露珠零。

二词一写宫怨，一写闺怨。其时身值乱离，怀人恋阙，每缘情托讽。二词皆清丽为邻。《临江仙》之结句，尤有婉约之思。“只有一枝梧叶，不知多少秋声”，与“零露”句同感也。

李珣　十二首

南乡子　八首

倾绿蚁，泛红螺。闲邀女伴簇笙歌。避暑信船轻浪里。闲游戏。夹岸荔支红蘸水。

渔市散，渡船稀。越南云树望中微。行客待潮天欲暮。迷春浦。愁听猩猩啼瘴雨。

拢云髻，背犀梳。焦红衫映绿罗裾。越王台下春风暖。花盈岸。游赏每邀邻女伴。

相见处，晚晴天。刺桐花下越台前。暗里回眸深属意。遗双翠。骑象背人先过水。

双髻坠，小眉弯。笑随女伴下春山。玉纤遥指花深处。争回顾。孔雀双双迎日舞。

山果熟，水花香。家家风景有池塘。木兰舟上珠帘卷。歌声远。椰子酒倾鹦鹉盏。

新月上，远烟开。惯随潮水采珠来。棹穿花过归溪口。沽春酒。小艇缆牵垂岸柳。

携笼去，采菱归。碧波风起雨霏霏。趁岸小船齐棹急。罗衣湿。出向桄榔树下立。

咏南荒风景，唐人诗中以柳子厚为多。五代词如欧阳炯之《南乡子》、孙光宪之《菩萨蛮》，亦咏及之。惟李珣词有十七首之多，今录八首。荔子轻红，桄榔深碧，猩啼暮雨，象渡瘴溪，更萦以艳情，为词家特开新采。

浣溪沙 二首

访旧伤离欲断魂。无因重见玉楼人。六街微雨镂香尘。
早为不逢巫峡梦，那堪虚度锦江春。遇花倾酒莫辞频。

红藕花香到槛频。可堪闲忆似花人。旧欢如梦绝音尘。
翠叠画屏山隐隐，冷铺文簟水潾潾。断魂何处一蝉新。

“微雨镂尘”，琢句殊新。“频”字韵相思无益，不如沉醉消愁。《珠玉词》"酒筵歌席莫辞频"亦即此意。次首"屏山""文簟"句虽眼前景物，如隔山水万重，小桥南畔，不异天涯也。作者言情之词，尚有《酒泉子》《西溪子》《河传》《巫山一段云》诸首，皆意境易尽，不若此词之蕴藉。

定风波

雁过秋空夜未央。隔窗烟月锁莲塘。往事岂堪容易想。惆怅。故人迢递在潇湘。　纵有回文重叠意。谁寄。解鬟临镜泣残妆。沉水香消金鸭冷。愁水。候虫声接杵声长。

前调

帘外烟和月满庭。此时闲坐若为情。小阁拥炉残酒醒。愁听。寒风叶落一声声。　惟恨玉人芳信阻。云雨。屏帷寂寞梦难成。斗转更阑心杳杳。将晓。银釭斜照绮翠横。

此二词在每阕中间以两字句换韵，节奏若急柱鸣筝，词意亦随之转换，有短歌意味。

毛文锡 四首

醉花间

休相问。怕相问。相问还添恨。春水满塘生，鸂鶒还相趁。
昨夜雨霏霏，临明寒一阵。偏忆戍楼人，久绝边庭信。

前调

深相忆。莫相忆。相忆情难极。银汉是红墙，一带遥相隔。
金盘珠露滴。两岸榆花白。风摇玉佩清，今夕为何夕。

前一首言已拼得不相闻问。人苦独居，不及相趁之鸂鶒，而晓来过雨，忽念征人远戍，寒到君边，虽言“休相问”，安能不问？越抛开，越是缠绵耳。后一首言红墙遥隔，明知相忆徒劳，然风露良宵，安能忘却？则不相忆者，实相忆之深也。

更漏子

春夜阑，春恨切。花外子规啼月。人不见，梦难凭。红纱一点灯。　　偏怨别。是芳节。庭下丁香千结。宵雾散，晓霞晖。梁间双燕飞。

上阕言春夜之怀人。质言之，人既不见，虚索之梦又无凭，则当前相伴，惟此一点纱灯，照我迷离梦境耳。下阕言春日之怀人，霞明雾散，见燕双而人独也。

临江仙

暮蝉声尽落斜阳。银蟾影挂潇湘。黄陵庙侧水茫茫。楚山红树，烟雨隔高唐。　　岸泊渔灯风飐碎，白蘋远散浓香。灵娥鼓瑟韵清商。朱弦凄切，云散碧天长。

五代词多哀感顽艳之作。此调则清商弹湘瑟哀弦，夜月访黄陵遗庙，扬舲楚泽，泠然有疏越之音，与谪仙之“白云明月吊湘娥”同其逸兴。

魏承班　一首

生查子

烟雨晚晴天，零落花无语。难话此时心，梁燕双来去。
琴韵对薰风，有恨和情抚。肠断断弦频，泪滴黄金缕。

上阕花落燕飞，有《珠玉词》“无可奈何花落去，似曾相识燕归来”之意。下阕怀旧而兼悼逝，殆有凤尾留香之感耶？

后蜀

顾夐　十一首

荷叶杯　二首

夜久歌声怨咽。残月。菊冷露微微。看看湿透缕金衣。归摩归。归摩归。

一去又乖期信。春尽。满院长莓苔。手挼裙带独徘徊。来摩来。来摩来。

露湿罗衣，见凝盼之久；手挼裙带，见企怀之深。而“归摩归”“来摩来”两句，为全首传神之笔。

杨柳枝

秋夜香闺思寂寥。漏迢迢。鸳帏罗幌麝烟消。烛光摇。

正忆玉郎游荡去。无寻处。更闻帘外雨潇潇。滴芭蕉。

醉公子

漠漠秋云淡。红藕香侵槛。枕倚小山屏。金铺向晚扃。
睡起横波慢。独望情何限。衰柳数声蝉。魂消似去年。

前调

岸柳垂金线。雨晴莺百啭。家住绿杨边。往来多少年。
马嘶芳草远。高楼帘半卷。敛袖翠蛾攒。相逢尔许难。

此三调意境相似。《杨柳枝》“鸳帷”二句与《醉公子》之“小山屏”二句皆言室内孤凄之况，《杨柳枝》之“帘外芭蕉”句与《醉公子》之“衰柳蝉声”句皆言室外萧瑟之音。两词皆在说明玉郎一去，相逢之难，其本意亦同。以词句论，则《醉公子》调“红藕”“秋云”之写景，“攒蛾”“倚枕”之含情，胜于《杨柳枝》调。其“衰柳”“魂消”二句，尤神似《金荃》。

浣溪沙

红藕香寒翠渚平。月笼虚阁夜蛩清。塞鸿惊梦两牵情。
宝帐玉炉残麝冷，罗衣金缕暗尘生。小窗孤烛泪纵横。

前调

云淡风高叶乱飞。小庭寒雨绿苔微。深闺人静掩屏帏。
粉黛暗愁金带枕，鸳鸯空绕画罗衣。那堪孤负不思归。

两调中惟“牵情”“思归”二句见其本怀。“宝帐”“罗衣”等句皆以秾丽之笔，寓宛转之思。两调之起笔写景皆清俊，“飞”“微”二韵尤佳。

河传

燕飏。晴景。小窗屏暖，鸳鸯交颈。菱花掩却翠鬟欹，慵整。海棠帘外影。　　绣帏香断金鸂鶒。无消息。心事空相忆。傍东风。春正浓。愁红。泪痕衣上重。

前调

棹举。舟去。波光渺渺，不知何处。岸花汀草共依依。雨微。鹧鸪相逐飞。　　天涯离恨江声咽。啼猿切。此意向谁说。倚兰桡。独无聊。魂消。小炉香欲焦。

此调之用笔，如短兵再接，音节如促柱么弦，须在急拍中以词心一缕萦之。两调之收笔三句，皆情景双得。“愁红”“魂消”固为押韵句，即连下句诵之，亦殊有致。

木兰花

月照玉楼春漏促。飒飒风摇庭砌竹。梦惊鸳被觉来时，何处管弦声断续。　　惆怅少年游冶去，枕上两蛾攒细绿。晓莺帘外语花枝，背帐犹残红蜡烛。

临江仙

碧染长空池似镜，倚楼闲望凝情。满衣红藕细香清。象床珍簟，山障掩，玉琴横。　　暗想昔时欢笑事，如今赢得愁生。博山炉暖淡烟轻。蝉吟人静，残日傍，小窗明。

两词皆怀人之作，前半写景，后半言情，布局皆同。其佳处皆在结句：已莺啼破晓，而残烛犹明，锦衾待旦，其独眠人起可知。《临江仙》之“蝉吟”三句写悄无人处，但有蝉声，斜日在窗，愁人独倚，其风怀掩抑可知矣。

鹿虔扆 一首

临江仙

金锁重门荒苑静，绮窗愁对秋空。翠华一去寂无踪。玉楼歌吹，声断已随风。　烟月不知人事改，夜阑还照深宫。藕花相向野塘中。暗伤亡国，清露泣香红。

周道《黍离》之感，唐宋以来，多见于诗歌。在词中，惟南唐后主亡国失家，语最沉痛。虔扆词亦善感乃尔。诵“露泣香红”句与“独与铜人相对泣，凄凉残月下金盘”，其音皆哀以思也。

阎选 一首

定风波

江水沉沉帆影过。游鱼到晚透寒波。渡口双双飞白鸟。烟袅。芦花深处隐渔歌。　　扁舟短棹归兰浦。人去。萧萧竹径透青莎。深夜无风新雨歇。凉月。露迎珠颗入圆荷。

纯是写景，惟“人去”二字见本意。在陆则莎满径荒，在水则露寒月冷，一片萧寥之状，殆有感于王根、樊重之家，一朝零落，人去堂空，作者如燕子归来凭吊耶？

毛熙震　三首

菩萨蛮

梨花满院飘香雪。高楼夜静风筝咽。斜月照帘帷。忆君和梦稀。　　小窗灯影背。燕语惊愁态。屏掩断香飞。行云山外归。

《菩萨蛮》词宜以风华之笔，运幽丽之思，此作颇似飞卿。“香断”“云归”句尤为俊逸。

清平乐

春光欲暮。寂寞闲庭户。粉蝶双双穿槛舞。帘卷晚天疏雨。含愁独倚闺帷。玉炉烟断香微。正是消魂时节，东风满院花飞。

仅为清稳之作，结意含蓄，自是正轨。

临江仙

幽闺欲曙闻莺啭，红窗月影微明。好风频谢落花声。隔帷残烛，犹照绮屏筝。　　绣被锦茵眠玉暖，炷香斜袅烟轻。淡蛾羞敛不胜情。暗思闲梦，何处逐行云。

月斜将曙，而残烛犹明，隐寓怀人不寐之意。结句梦逐行云，即己亦不知其处。上、下阕之结句，皆善用迂回之笔。

欧阳炯　五首

三字令

春欲尽，日迟迟。牡丹时。罗幌卷，翠帘垂。采笺书。红粉泪，两心知。　　人不在，燕空归。负佳期。香烬落，枕函欹。月分明，花淡薄，惹相思。

十六句皆三字，短兵相接，一句一意，如以线贯珠，粒粒分明，仍一丝萦曳，录之以备赋此调者取则。

南乡子

画舸停桡。槿花篱外竹横桥。水上游人沙上语。回顾。笑指芭蕉林里住。

前调

岸远沙平。日斜归路晚霞明。孔雀自怜金翠尾。临水。认得行人惊不起。

前调

路入南中。桄榔叶暗蓼花红。两岸人家微雨后。收红豆。树底纤纤抬素手。

前调

袖敛鲛绡。采香深洞笑相邀。藤杖枝头芦酒滴。铺葵席。豆蔻花间趖晚日。

写蛮乡新异景物，以妍雅之笔出之。较李珣《南乡子》词尤佳。

欧阳彬　一首

生查子

竟日画堂欢，入夜重开宴。剪烛蜡烟香，促席花光颤。
待得月华来，满院如铺练。门外簇骅骝，直待更深散。

专叙豪家张宴，竟日狂欢，夜午始散，士大夫沉酣如是，宜五代之政衰祚促也。

孟昶 一首

木兰花

冰肌玉骨清无汗，水殿风来暗香满。绣帘一点月窥人，欹枕钗横云鬓乱。　　起来琼户启无声，时见疏星渡河汉。屈指西风几时来，只恐流年暗中换。

水香吹鬓，明月窥帘，幽静而兼绮丽，可谓良夜千金矣。而抡指西风，有赵孟视荫之感，知偏霸之不长也。○苏东坡《洞仙歌》词自序曰："仆七岁时，见眉山老尼，姓朱，忘其名，年九十余。自言尝随其师入蜀主孟昶宫中。一日大热，蜀主与花药夫人夜起避暑摩诃池上，作一词，朱具能记之。今四十年，朱已死久矣，人无知此词者。但记其首二句。暇日寻味，岂《洞仙歌令》乎？乃为足之云。”词云：“冰肌玉骨，自清凉无汗，水殿风来暗香满。绣帘开、一点明月窥人，人未寝，欹枕钗横鬓乱。　　起来携素手，庭户无声，时见疏星渡河汉。试问夜如何，夜已三更，金波淡、玉绳低转。但屈指、西风几时来，又不道流年，暗中偷换。”

南唐

冯延巳　五十首

三台令

春色春色。依旧青门紫陌。日斜柳暗花嫣。醉卧谁家少年。年少年少。行乐直须及早。

前调

明月明月。照得离人愁绝。更深影入空床。不道帷屏夜长。长夜长夜。梦到庭花阴下。

前调

南浦南浦。翠鬓离人何处。当时携手高楼。依旧楼前水流。流水流水。中有伤心双泪。

此调第五句倒用叠字，承上启下，如溪曲行舟，一折而景色顿异。结句见本意，乃此词主体也。

归国谣

何处笛。深夜梦回情脉脉。竹风檐雨寒窗滴。　离人几岁无消息。今头白。不眠特地重相忆。

前调

江水碧。江上何人吹玉笛。扁舟远送潇湘客。　芦花千里霜月白。伤行色。来朝便是关山隔。

长相思

红满枝。绿满枝。宿雨恹恹睡起迟。闲庭花影移。　忆归期。数归期。梦见虽多相见稀。相逢知几时。

以上三词，皆挥毫直书，不用回折之笔，而情意自见。格高气盛，嗣响唐贤。

抛球乐

酒罢歌余兴未阑。小桥秋水共盘桓。波摇梅药伤心白，风入罗衣贴体寒。且莫思归去，须尽笙歌此夕欢。

前调

逐胜归来雨未晴。楼前风重草烟轻。谷莺语软花边过，水调声长醉里听。款举金觥劝，谁是当筵最有情。

前调

梅落新春入后庭。眼前风物可无情。曲池波晚冰还合，芳草迎船绿未成。且上高楼望，相共凭阑看月生。

前调

霜积秋山万树红。倚岩楼上挂朱栊。白云天远重重恨，黄叶烟深淅淅风。仿佛梁州曲，吹在谁家玉笛中。

前调

尽日登高兴未残。红楼人散独盘桓。一钩冷雾悬珠箔，满面西风凭玉阑。归去须沉醉，小院新池月乍寒。

前调

坐对高楼千万山。雁飞秋色满阑干。烧残红烛暮云合，飘尽碧梧金井寒。咫尺人千里，犹忆笙歌昨夜欢。

前三首听歌对月，纪欢娱之情；后三首人散酒阑，写离索之感，能于劲气直达中含情寄慨，故不嫌其坦直，此五代气格之高也。

采桑子

小庭雨过春将尽，片片花飞。独折残枝。无语凭阑只自知。
玉堂香暖珠帘卷，双燕来归。后约难期。肯信韶华得几时。

上阕花枝已残而独折取，其云自知者，当别有思存；下阕知韶华之易逝，则君宜早归，警告之切，正相忆之深。

前调

马嘶人语春风岸，芳草绵绵。杨柳桥边。落日高楼酒旆悬。
旧愁新恨知多少，目断遥天。独立花前。更听笙歌满画船。

“酒旗催日下城头”，人称佳句。此词“落日高楼”句尤为浑成。下阕“笙歌”句在新愁旧恨中闻之，只增怮怛耳。

前调

酒阑睡觉天香暖，绣户慵开。香印成灰。独背寒屏理旧眉。
朦胧却向灯前卧，窗月徘徊。晓梦初回。一夜东风绽早梅。

上阕“旧眉”句寒屏独掩，尚理残妆，与耆卿“衣带渐宽终不悔”皆蔼然忠厚之言。下阕在孤灯映月、低回不尽之时，而以东风梅绽、空灵之笔作结，非特含蓄，且风度嫣然，自是词手。

前调

小堂深静无人到，满院春风。惆怅墙东。一树樱桃带雨红。
愁心似醉兼如病，欲语还慵。日暮疏钟。双燕归栖画阁中。

前调

画堂灯暖帘栊卷，禁漏丁丁。雨罢寒生。一夜西窗梦不成。
玉娥重起添香印，回倚孤屏。不语含情。水调何人吹笛声。

前调

花前失却游春侣，独自寻芳。满目悲凉。纵有笙歌亦断肠。
林间戏蝶帘间燕，各自双双。忍更思量。绿树青苔半夕阳。

“小堂”一首，羡双燕之归来。“画堂”一首，怅谁家之吹笛，通首仅寓孤闷之怀，至末首乃见本意。江左自周师南侵，朝政日非，延巳匡救无从，怅疆宇之日蹙，第六首“夕阳”句奇慨良深，不得以绮语目之。

谒金门

风乍起。吹皱一池春水。闲引鸳鸯芳径里。手挼红杏蕊。
斗鸭阑干独倚。碧玉搔头斜坠。终日望君君不至。举头闻鹊喜。

前调

杨柳陌。宝马嘶空无迹。新著荷衣人未识。年年江海客。

梦觉巫山春色。醉眼飞花狼藉。起舞不辞无气力，爱君吹玉笛。

“风乍起”二句破空而来，在有意无意间，如絮浮水，似沾非著，宜后主盛加称赏。此在南唐全盛时作。“喜闻鹊报”及“为君起舞”句殆有束带弹冠之庆及效忠尽瘁之思也。

清平乐

雨晴烟晚。绿水新池满。双燕飞来垂柳院。小阁画帘高卷。

黄昏独倚朱阑。西南新月眉弯。砌下落花风起，罗衣特地春寒。

纯写春晚之景。“花落春寒”句论词则秀韵珊珊，窥词意或有忧谗自警之思乎？

菩萨蛮

金波远逐行云去。疏星时作银河渡。花影卧秋千。更长人不眠。　　玉筝弹未彻。凤髻横钗脱。忆梦翠蛾低。微风吹绣衣。

上阕仅言清夜无眠，下阕仅言手倦妆慵，至结句始言回忆梦中情景，至风吹绣衣而不觉，可见低眉愁思之深且久也。

玉楼春

雪云乍变春云簇。渐觉年华堪纵目。北枝梅蕊犯寒开，南浦波纹如酒绿。　　芳菲次第长相续。自是情多无处足。尊前百计得春归，莫为伤春眉黛蹙。

词借春光以托讽，“足”字韵戒贪求之无厌。“尊前”二句既盼春来，又伤春去，患得患失之心，宁有尽时耶。

鹊踏枝

梅落繁枝千万片。犹自多情，学雪随风转。昨夜笙歌容易散。酒醒添得愁无限。　　楼上春山寒四面。过尽征鸿，暮景烟深浅。一晌凭栏人不见。红绡掩泪思量遍。

前调

萧索清秋珠泪坠。枕簟微凉，展转浑无寐。残酒欲醒中夜起。月明如练天如水。　　阶下寒声啼络纬。庭树金风，悄悄重门闭。可惜旧欢携手地。思量一夕成憔悴。

前调

霜落小园瑶草短。瘦叶和风，惆怅芳时换。旧恨年年秋不管。朦胧如梦空肠断。　　独立荒池斜日岸。墙外遥山，隐隐连天汉。忽忆当年歌舞伴。晚来双脸啼痕满。

前调

芳草满园花满目。帘外微微，细雨笼庭竹。杨柳千条珠。碧池波皱鸳鸯浴。　　窈窕人家颜似玉。弦管泠泠，齐奏云和曲。公子欢筵犹未足，斜阳不用相催促。

前调

粉映墙头寒欲尽。宫漏长时，酒醒人犹困。一点春心无限恨。罗衣印满啼妆粉。　　柳岸花飞寒食近。陌上行人，杳不传芳信。楼上重檐山隐隐。东风尽日吹蝉鬓。

写景句含宛转之情，言情句带凄清之景，可谓情景两得。第四首“欢筵未足”句意有所指，第五首结句“风吹蝉鬓”，含蕴不尽，词家妙诀也。

菩萨蛮

画堂昨夜西风过。绣帘时拂朱门锁。惊梦不成云。双蛾枕上颦。　　金炉烟袅袅。烛暗纱窗晓。残月尚弯环。玉筝和泪弹。

梨云入梦，诗词恒用之。此词不言梦醒，而言“梦不成云”，造句颇新。词中言颦眉，类皆花前月下、镜里窗前，此言枕上颦眉者，因追想梦情，故愁生枕上也。

前调

梅花吹入谁家笛。行云半夜凝空碧。欹枕不成眠。关山人未还。　　声随幽怨绝。云断澄霜月。月影下重檐。轻风花满帘。

通首言闻笛怀人，寻常蹊径也。末二句以轻笔写幽情，便觉情思悠然。

前调

沉沉朱户横金锁。纱窗月影随花过。烛泪欲阑干。落梅生晚寒。　　宝钗横翠凤。千里香屏梦。云雨已荒凉。江南春草长。

以江南繁华之地，作者青紫登朝，而言云雨荒凉，江南草长，满纸萧索之音，殆近降幡去国时矣。

虞美人

玉钩鸾柱调鹦鹉。宛转留春语。云屏冷落画堂空。薄晚春寒无奈落花风。　　搴帘燕子低飞去。拂镜尘鸾舞。不知今夜月眉弯。谁佩同心双结倚阑干。

临江仙

冷红飘起桃花片，青春意绪阑珊。高楼帘幕卷轻寒。酒余人散，独自倚阑干。　　夕阳千里连芳草，风光愁煞王孙。徘徊飞尽碧天云。凤城何处，明月照黄昏。

蝶恋花

窗外寒鸡天欲曙。香印成灰，起坐浑无绪。庭际高梧凝宿雾。卷帘双鹊惊飞去。　　屏上罗衣闲绣缕。一晌关情，忆遍江南路。夜夜梦魂休谩语。已知前事无寻处。

以上三首皆芬芳悱恻之音。凡词家言情之作，如韦端己之忆宠姬，吴梦窗之怀遗妾，周清真之赋柳枝娘，皆有其人。冯词未能证实，殆寄托之辞。南唐末造，冯蒿目时艰，姑以愁罗恨绮之词，寓忧盛危明之意耳。

采桑子

画堂昨夜愁无睡，风雨凄凄。林鹊争栖。落尽灯花鸡未啼。
年光往事如流水，休说情迷。玉箸双垂。只是金笼鹦鹉知。

前调

洞房深夜笙歌散，帘幕重重。斜月朦胧。雨过残花落地红。
昔年无限伤心事，依旧东风。独倚梧桐。闲想闲思到晓钟。

人当暮年感旧，每独自低回。上首“金笼鹦鹉”句慨同调之凋残。次首“闲想闲思”句明知相思无益，而到晓难忘，盖情有不能自已者也。

酒泉子

楚女不归。楼枕小河春水。月孤明，风又起。杏花稀。

玉钗斜插云鬟重。裙上镂金双凤。一行书，千里梦。雁南飞。

临江仙

秣陵江上多离别，雨晴芳草烟深。路遥人去马嘶沉。青帘斜挂，新柳万枝金。　　隔江何处吹横笛，沙头惊起双禽。徘徊一晌几般心。天长烟远，凝恨独沾襟。

寻常离索之思，而能手作之，自有高浑之度。

虞美人

碧波帘幕垂朱户。帘外莺莺语。薄罗依旧泣青春。野花芳草逐年新。事难论。　　凤笙何处高楼月。幽怨凭谁说。须臾残照上梧桐。一时弹泪与东风。恨重重。

前调

春山淡淡横秋水。掩映遥相对。只知长坐碧窗期。谁信东风吹散彩云飞。　　银屏梦与飞鸾远。只有珠帘卷。杨花零落月溶溶。尘掩玉筝弦柱画堂空。

二词皆掩抑之音，次章尤胜。方长坐相期，而彩云已散，明知梦远银屏，而尚卷帘凝望，何以自堪！结句凄韵欲绝。

南乡子

细雨湿流光。芳草年年与恨长。烟锁凤楼无限事，茫茫。鸾镜鸳衾两断肠。　　魂梦任悠扬。睡起杨花满绣床。薄倖不来门半掩，斜阳。负你残春泪几行。

起二句情景并美。下阕梦与杨花迷离一片。结句何幽怨乃尔！

更漏子

金剪刀，青丝发。香墨蛮笺亲札。和粉泪，一时封。此情千万重。　　蓬垂鬓。尘侵镜。已分今生薄命。将远恨，上高楼。寒江天外流。

前调

风带寒，秋正好。兰蕙无端先老。云杳杳，树依依。离人殊未归。　　褰罗幕。凭朱阁。不独堪悲摇落。月东出，雁南飞。谁家夜捣衣。

前调

雁孤飞，人独坐。看却一秋空过。瑶草短，菊花残。萧条渐向寒。　　帘幕里。青苔地。谁信闲愁如醉。星移后，月圆时。风摇夜合枝。

三首结句皆善用萧索之景，寓怅怏之怀，令人揽撷不尽。

菩萨蛮

娇鬟堆枕钗横凤。溶溶春水杨花梦。红烛泪阑干。翠屏烟浪寒。　　锦壶催画箭。玉佩天涯远。和泪试严妆。落梅飞夜霜。

前调

西风袅袅凌歌扇。秋期正与行人远。花叶夺霜红。流萤残月中。　　兰闺人在否。千里重楼暮。翠被已消香。梦随寒漏长。

上首“杨花梦”七字情韵特佳。“严妆”句悦己无人，而犹施膏沐，有带宽不悔之心。次首“花叶”二句饶有韵致，用“夺”字颇新颖。

浣溪沙

转烛飘蓬一梦归。欲寻陈迹怅人非。天教心愿与身违。

待月池台空逝水。荫花楼阁漫斜晖。登临不惜更沾衣。

前调

春色迷人恨正赊。可堪浪子不还家。细风轻露著梨花。
帘外有情双燕舞，槛前无力绿杨斜。小屏狂梦绕天涯。

不事研炼，而调高意远，唐贤之遗韵也。

忆江南

去岁迎春楼上月。正是西窗，夜凉时节。玉人贪睡坠钗云。粉消香薄见天真。　　人非风月长依旧。破镜尘筝，一梦经年瘦。今宵帘幕扬花阴。空余枕泪独伤心。

前调

今日相逢花未发。正是去年，别离时节。东风次第有花开。恁时须约却重来。　　重来不怕花堪折。只怕明年，花发人离别。别离若向百花时。东风弹泪有谁知。

二词连缀相应，次首尤一气写出，在《阳春集》别具风调。

延巳与江南李后主为布衣交，遂登台辅。其时江介晏安，朋僚宴集，辄为乐府新词，倚丝竹而歌之，精丽飘逸，传诵一时。迨周师压境，国步日艰，所作若《三台令》《归国谣》《蝶恋花》诸调，旨隐而词微，其忧危之念，借词以发之。殁后，南唐失国，遗稿散失，后贤采辑，存者无多矣。兹录取五十首。《阳春集》为五代词中之圣，犹《清真集》之在北宋也。

李璟　六首

应天长

一钩初月临妆镜。蝉鬓凤钗慵不整。重帘静。层楼迥。惆怅落花风不定。　　柳堤芳草径。梦断辘轳金井。昨夜更阑酒醒。春愁过却病。

词写春夜之愁怀。“初月”“蝉鬓”二句先言黄昏人倦，“重帘”三句更言楼静听风。下阕闻柳堤汲井，晓梦惊回，皆昨夜之情事。至结句乃点明更阑酒醒，愁病交加。通首由黄昏至晓起回忆，次第写来，柔情宛转，与周清真之《蝶恋花》词由破晓而睡起、而送别，亦次第写来，同一格局。其结句点睛处，周词云“露寒人远鸡相应”，从行者着想；此言春愁兼病，从居者着想，词句异而言情写怨同也。

望远行

玉砌花光照眼明。朱扉长日镇长扃。余寒不去梦难成。炉香烟袅自亭亭。　　辽阳月，秣陵砧。不传消息但传情。黄金台下忽然惊。征人归日二毛生。

上阕写所处一面之情景。惟寒梦难成，醒眼无聊，但见炉烟之亭亭自袅，善写孤寂之境。其下辽阳、秣陵，始两面兼写。“传情”二字见闻砧对月，两地同怀。结句言忽见北客南来，雪窖远归，鬓丝都白，则行役之劳，与怀思之久，从可知矣。此词《花庵词选》《花草粹编》所载，有数字异同。今从旧钞二主词校定。

浣溪沙

手卷真珠上玉钩。依然春恨锁重楼。风里落花谁是主，思悠悠。　　青鸟不传云外信，丁香空结雨中愁。回首绿波三峡暮，接天流。

此调为唐教坊曲，有数名。《词谱》名《山花子》，《梅苑》名《添字浣溪沙》，《乐府雅词》名《摊破浣溪沙》，《高丽乐史》名《感恩多》，因中主有此词，又名《南唐浣溪沙》。即每句七字《浣溪沙》之别体。其结句加“思悠悠”“接天流”三字句，申足上句之意，以荡漾出之，较七字结句，别有神味。《翰苑名谈》云：“清雅可诵。”《弇州山人词评》称“青鸟”二句为：“非律诗俊语乎？然是天成一段词也，著诗不得。”

前调

菡萏香消翠叶残。西风愁起绿波间。还与韶光共憔悴，不堪看。　　细雨梦回鸡塞远，小楼吹彻玉笙寒。多少泪珠无限恨，倚阑干。

荆公尝问山谷曰：“江南词何者最好？”山谷以“一江春水向东流”为对。荆公曰：“未若‘细雨梦回鸡塞远，小楼吹彻玉笙寒’为妙。”冯延巳对中主语，极推重“小楼”七字，谓胜于己作。今就词境论，“小楼”句固极绮思清愁，而冯之“风乍起，吹皱一池春水”，托思空灵，胜于中主。冯语殆媚兹一人耶？

浣溪沙　春恨

风压轻云贴水飞。乍晴池馆燕争泥。沈郎多病不胜衣。
沙上未闻鸿雁信，竹间时有鹧鸪啼。此情惟有落花知。

词人赋春恨者多矣，皆未明言，此词独标题之。首二句写景婉妙而有风韵，晚唐佳句也。值此芳辰，而沈郎多病，以病缘愁起，故下阕接以“鸿雁”“鹧鸪”二语，一见天远书沉，一见欲归不得，深愁脉脉，惟有花知，未肯逢人而语，其用情之专挚可知矣。

帝台春

芳草碧色。萋萋遍南陌。飞絮乱红，也似知人，春愁无力。忆得盈盈拾翠侣，共携赏、凤城寒食。到今来，海角逢春，天涯倦客。　　愁旋释。还似织。泪暗拭。又偷滴。漫倚遍危阑，尽黄昏，也正是暮云凝碧。拚则而今已拚了，忘则怎生便忘得。又还问鳞鸿，试重寻消息。

“飞絮”三句不言诉愁与花絮，而云花絮知我春愁，自对面着想，用笔有回旋之致。转头四句皆三字一句，且多仄韵，节短而意长。论情致则婉若游丝，论笔力则劲如屈铁。“拚了”“忘得”二句春蚕丝尽，蜡炬成灰，洵情至之语。真能彻悟者，世有几人耶？

李煜　二十七首

虞美人

春花秋月何时了。往事知多少。小楼昨夜又东风。故国不堪回首明月中。　　雕阑玉砌依然在。只是朱颜改。问君能有几多愁。恰似一江春水向东流。

亡国之音，何哀思之深耶？传诵禁廷，不加悯而被祸，失国者不殉宗社，而任人宰割，良足伤矣。《后山诗话》谓秦少游词“飞红万点愁如海”出于后主“一江春水”句，《野客丛书》又谓白乐天之“欲识愁多少，高于滟滪堆”、刘禹锡之“水流无限似侬愁”，为后主词所祖，但以水喻愁，词家意所易到，屡见载籍，未必互相沿用。就词而论，李、刘、秦诸家之以水喻愁，不若后主之“春江”九字，真伤心人语也。

乌夜啼

昨夜风兼雨,帘帏飒飒秋声。烛残漏断频欹枕,起坐不能平。世事漫随流水，算来梦里浮生。醉乡路稳宜频到，此外不堪行。

此调亦唐教坊曲名也。人当清夜自省，宜嗔痴渐泯，作者转起坐不平，虽知浮生若梦，而无彻底觉悟，惟有借陶然一醉，聊以忘忧。此词若出于清谈之名流，善怀之秋士，便是妙词。乃以国主任兆民之重，而自甘颓弃，何耶？但论其词句，固能写牢愁之极致也。

一斛珠

晚妆初过。沉檀轻注些儿个。向人微露丁香颗。一曲清歌，暂引樱桃破。　罗袖裛残殷色可。杯深旋被香醪涴。绣床斜凭娇无那。烂嚼红绒，笑向檀郎唾。

虽绮靡之音，而上阕“破”字韵颇新颖。下阕“绣床”三句自是俊语。杨孟载袭用之，有春绣绝句云“闲情正在停针处，笑嚼红绒唾碧窗”，翻用前人词语入诗，虽能手不免。

菩萨蛮

人生愁恨何能免。消魂独我情何限。故国梦重归。觉来双泪垂。　　高楼谁与上。长记秋晴望。往事已成空。还如一梦中。

起句用翻笔。明知难免，而我自消魂，愈觉埋愁之无地。马令《南唐书》本注谓“故国”二句与《虞美人》词“小楼昨夜”二句“皆思故国者也”。

更漏子

金雀钗，红粉面。花里暂时相见。知我意，感君怜。此情须问天。　　香作穗。蜡成泪。还似两人心意。珊枕腻，锦衾寒。夜来更漏残。

《西清诗话》谓后主归朝后，嫔妾散落，追怀江国，所作词皆含思凄婉。此词殆亦入宋后作，钗影粉痕，依依在目，在亡国失家以后，香消烛尽，而两人心意，不与同消，君心我意，惟有天知，所谓疾痛则号天，宁有济耶！

临江仙

樱桃落尽春归去，蝶翻金粉双飞。子规啼月小楼西。玉钩罗幕，惆怅暮烟垂。　　门巷寂寥人散后，望残烟草低迷。炉香闲袅凤皇儿。空持罗带，回首恨依依。

《西清诗话》称后主围城中作此词，未就而城破，缺后二句。《耆旧续闻》谓家藏后主词二本，“中有临江仙，涂注数字，未尝不全”。朱竹垞《词综》云：“是词相传缺后三句，刘延仲补之。……而《耆旧续闻》所载，故是全作。”宣和御府藏后主行书二十有四纸，中有《临江仙》词。按昇州被围一年之久，词中所云门巷人稀，凄迷烟草，想见吏民星散之状，宜其低回罗带，惨不成书也。

望江南　二首

多少恨，昨夜梦魂中。还似旧时游上苑，车如流水马如龙。花月正春风。

多少泪，沾袖复横颐。心事莫将和泪说，凤笙休向月明吹。断肠更无疑。

此词在唐时为单调，至宋时始为双调。后主词本单调为两首，故前、后段各自用韵。“车水马龙”句为时传诵。当年之繁盛，今日之孤凄，欣戚之怀，相形而益见，两首意本一贯也。此调有数名，一名《谢秋娘》，一名《春去也》，一名《梦江南》，一名《梦江口》，一名《江南好》，一名《望江梅》，皆取昔人词中字以命名。光绪间成漱泉刻《唐五代词选》，录后主《望江南》词四首，皆作单调。其后二首为明万历间吕氏选本所未载，附录于后，其词意似与前首不类。

闲梦远，南国正芳春。船上管弦江面绿，满城飞絮混轻尘。愁杀看花人。

闲梦远，南国正清秋。千里江山寒色暮，芦花深处泊孤舟。笛在月明楼。

清平乐

别来春半。触目愁肠断。砌下落梅如雪乱。拂了一身还满。

雁来音信无凭。路遥归梦难成。离恨恰如春草，更行更远还生。

上段言愁之欲去仍来，犹雪花之拂了又满；下段言人之愈离愈远，犹草之更远还生，皆加倍写出离愁。且借花草取喻，以渲染词句，更见婉妙。六一词之“行人更在青山外”，东坡诗之“但见乌帽出复没”，皆言极目征人，直至天尽处，于此词春草句，俱善状离情之深挚者。

浣溪沙

红日已高三丈透。金炉次第添香兽。红锦地衣随步皱。

佳人舞点金钗溜。酒恶时拈花蕊嗅。别殿遥闻箫鼓奏。

《扪虱新话》云：“帝王文章，自有一般富贵气象。”此语诚然。但时至日高三丈，而金炉始添兽炭，宫人趋走，始踏皱地衣，其倦勤晏起可知。恣舞而至金钗溜地，中酒而至齅花为解，其酣嬉如是而犹未满足，箫鼓尚闻于别殿。作者自写其得意，如穆天子之为乐未央，适示人以荒宴无度，宁止杨升庵讥其忒富贵耶？但论其词，固极豪华妍丽之致。

菩萨蛮

花明月暗笼轻雾。今宵好向郎边去。刬袜步香阶。手提金缕鞋。　　画堂南畔见。一向偎人颤。奴为出来难。教君恣意怜。

昭惠后之妹，因侍后疾而承恩，词为进御之夕作。“刬袜”二句想见花阴月暗、悄行多露之时。宫中事秘，后主乃张之以词，事传于外。继立为后之日，韩熙载为诗讽之，而后主不恤人言也。

前调

蓬莱院闭天台女。画堂昼寝人无语。抛枕翠云光。绣衣闻异香。　　潜来珠锁动。惊觉鸳鸯梦。慢脸笑盈盈。相看无限情。

前调

铜簧韵脆锵寒竹。新声慢奏移纤玉。眼色暗相钩。秋波横欲流。　　雨云深绣户。未便谐衷素。宴罢又成空。梦迷春睡中。

《古今词话》云："词为继立周后作也。"幽情丽句，固为侧艳之词，赖次首末句以迷梦结之，尚未违贞则。

浪淘沙

往事只堪哀。对景难排。秋风庭院藓侵阶。一桁珠帘闲不卷，终日谁来。　　金锁已沉埋。壮气蒿莱。晚凉天净月华开。想得玉楼瑶殿影，空照秦淮。

藓阶帘静，凄寂等于长门，“金锁”二句有铁锁沉江、王气黯然之慨，回首秦淮，宜其凄咽。唐人《浪淘沙》本七言断句，至后主始制二段，每段尚存七言诗二句，盖因旧曲名而别创新声也。原注谓此词昔已散佚，乃自池州夏氏家藏传播者。

采桑子

辘轳金井梧桐晚，几树惊秋。昼雨新愁。百尺虾须在玉钩。
琼窗春断双蛾皱，回首边头。欲寄鳞游。九曲寒波不溯流。

上阕宫树惊秋，卷帘凝望，寓怀远之思。故下阕云回首边头，音书不到，当是忆弟郑王北去而作，与《阮郎归》调同意。此词墨迹在王季宫判院家。《墨庄漫录》称后主书法，“遒劲可爱”，可称书词双美。此调《词谱》作《丑奴儿令》。

虞美人

风回小院庭芜绿。柳眼春相续。凭阑半日独无言。依旧竹声新月似当年。　　笙歌未散尊罍在。池面冰初解。烛明香暗画楼深。满鬓清霜残雪思难禁。

五代词句多高浑，而次句“柳眼春相续”及上首《采桑子》之“九曲寒波不溯流”琢句工炼，略似南宋慢体。此词上、下段结句，情交悱恻，凄韵欲流。如方干诗之佳句，乘风欲去也。

捣练子令

深院静，小庭空。断续寒砧断续风。无奈夜长人不寐，数声和月到帘栊。

曲名《捣练子》，即以咏之，乃唐词本体。首二句言闻捣练之时，院静庭空，已写出幽悄之境。三句赋捣练。四、五句由闻砧者说到砧声之远递。通首赋捣练，而独夜怀人情味，摇漾于寒砧断续之中，可谓极此题能事。杨升庵谓旧本以此曲为《鹧鸪天》之后半首，尚有上半首云：“塘水初澄似玉容。所思还在别离中。谁知九月初三夜。露似珍珠月似弓。”案《鹧鸪天》调，唐人罕填之。况塘水四句，全于捣练无涉，升庵之说未确。但露珠月弓，传诵词苑，自是佳句。

玉楼春

晚妆初了明肌雪。春殿嫔娥鱼贯列。凤箫吹断水云间，重按《霓裳》歌遍彻。　临风谁更飘香屑。醉拍阑干情味切。归时休放烛花红，待踏马蹄清夜月。

此在南唐全盛时所作。按霓羽之清歌，爇沉香之甲煎，归时复踏月清游，洵风雅自喜者。唐元宗后，李主亦无愁天子也。此词极富贵，而《浪淘沙令》“流水落花春去也，天上人间”，又极凄婉，则富贵亦一场春梦耳。〇《霓裳曲》天宝后散失，南唐昭惠后善歌舞，得其残谱，审定缺坠，以琵琶奏之，遗曲复传。故上段结句云：“重按《霓裳》。”洪刍《香谱》谓后主自制“帐中香”，“以丁香、沉香及檀麝等各一两，甲香三两，皆细研成屑，取鹅梨汁蒸干焚之”。故下段首句云风飘香屑，殆即“帐中香”也。其“清夜月”结句极清超之致。《艺苑卮言》云：“后主直是词手。”

蝶恋花

遥夜亭皋闲信步。乍过清明，渐觉伤春暮。数点雨声风约住。朦胧淡月云来去。　　桃李依依香暗度。谁在秋千，笑里轻轻语。一片芳心千万绪。人间没个安排处。

上半首工于写景。风收残雨，以“约住”二字状之，殊妙。雨后残云，惟映以淡月，始见其长空来往，写风景宛然。结句言寸心之愁，而宇宙虽宽，竟无容处，其愁宁有际耶！唐人诗“此心方寸地，容得许多愁”，愁之为物，可谓放之则弥六合，卷之则退藏于密，惟能手得写出之。

阮郎归

东风吹水日衔山。春来长是闲。落花狼藉酒阑珊。笙歌醉梦间。　　佩声悄，晚妆残。凭谁整翠鬟。流连光景惜朱颜。黄昏独倚阑。

词为十二弟郑王作。开宝四年，令郑王从善入朝，太祖拘留之，后主疏请放归，不允，每凭高北望，泣下沾襟。此词春暮怀人，倚阑极目，黯然有鸰原之思。煜虽孱主，亦性情中人也。

浪淘沙令

帘外雨潺潺。春意阑珊。罗衾不耐五更寒。梦里不知身是客，一晌贪欢。　　独自莫凭阑。无限江山。别时容易见时难。流水落花春去也，天上人间。

言梦中之欢，益见醒后之悲，昔日歌舞《霓裳》，不堪回首。结句“天上人间”三句怆然欲绝，此归朝后所作。尚有“破阵子”词，则白马迎降时作。其词之末句云：“最是仓皇辞庙日，……挥泪对宫娥。”人讥其临别之泪，不挥宗社而对于宫娥，讥之诚当，但词则纪当时实事，想见其去国惨状。《浪淘沙令》尤极凄黯之音，如峡猿之三声肠断也。

采桑子

亭前春逐红英尽，舞态徘回。零雨霏微。不放双眉时暂开。绿窗冷静芳音断，香印成灰。可奈情怀。欲睡朦胧入梦来。

喜迁莺

晓月坠，宿云微。无语枕频欹。梦回芳草思依依。天远雁声稀。　啼莺散。余花乱。寂寞画堂深院。片红休扫尽从伊。留待舞人归。

此二词殆亦失国后所作。春晚花飞，宫人零落，芳讯则但祈入梦，落红则留待归人，皆极写无聊之思。《采桑子》词之眉头不放暂开，殆受归朝后禁令之严，微有怨词耶？

相见欢

林花谢了春红。太匆匆。常恨朝来寒雨晚来风。　胭脂泪。留人醉。几时重。自是人生长恨水长东。

后主为樊若水所卖，举国与人。词借伤春为喻，恨风雨之摧花，犹逆臣之误国，追魁柄一失，如水之东流，安能挽沧海尾闾、复鼓回澜之力耶！

长相思

一重山。两重山。山远天高烟水寒。相思枫叶丹。　菊花开。菊花残。塞雁高飞人未还。一帘风月闲。

此词见《草堂诗馀》。以清淡之笔，写深秋风物，而《蒹葭》怀远之思，低回不尽，节短而格高，五代词之本色也。

浣溪沙

转烛飘蓬一梦归。欲寻陈迹怅人非。天教心愿与身违。
待月池台空逝水，荫花楼阁漫斜晖。登临不惜更沾衣。

此词见《历代诗馀》。当人去台空以后，斜阳黯黯，逝水滔滔，宗国阴沉，谁能遣此！亦回首南朝之作也。

相见欢

无言独上西楼。月如钩。寂寞梧桐深院，锁清秋。　　剪不断。理还乱。是离愁。别是一般滋味在心头。

后阕仅十八字，而肠回心倒，一片凄异之音，伤心人固别有怀抱。《花庵词选》云："所谓亡国之音哀以思。"

后主尚有《望江梅》词，本单调，误合二调为一首。又有《渔父》词，从张氏《春江钓叟图》录出。此二调笔意似浅率，不类后主。其《谢新恩》词六首，墨迹在孟郡王家，其中词句如"东风恼我，才发一襟香""暂时相见，如梦懒思量”“远是去年今日恨还同”“上楼新月，回首自纤纤”，皆尚可诵，但传写敚误甚多，兹编皆未录也。

五代之词尚矣，传李唐之薪火，为赵宋之先河。南唐中主李璟、后主李煜，以国君而擅词手，秀压江东，与薛、顾、韦、冯方美，而诸家选本，胡季直仅选中主一首、后主六首，张皋文选中主四首、后主七首，如陟昆冈，尚多美玉。兹从明万历年吕远据宋本所刻及花庵词客以后诸家词选所取者，衡校而录之，得中主词六首、后主词二十七首，述其旧闻，加以诠说，以振其绪而广其传，俾词社诸子，便于习诵。二主于社屋以后，借长短歌词，得垂声于后世，文字之寿，绵于国祚矣。辛巳孟夏乐静居士俞陛云识于故都。时年七十有四。

闽

徐昌图　一首

临江仙

饮散离亭西去，浮生常恨飘蓬。回头烟柳渐重重。淡云孤雁远，寒日暮天红。　今夜画船何处，潮平淮月朦胧。酒醒人静奈愁浓。残灯孤枕梦，轻浪五更风。

写江行夜泊之景。“暮天”二句晚霞如绮，远雁一绳。“轻浪”二句风起深宵，微波拍舵，淰淰有声，状水窗风景宛然，千载后犹想见客中情味也。昌图爵里无考，选词家有列入唐词末者。

荆南

孙光宪　十一首

竹枝词

门前春水白蘋花。岸上无人小艇斜。商女经过江欲暮，散抛残食饲神鸦。

此竹枝女儿词也。神鸦纯黑，有黄色约其半身如带，随客舟飞舞，不避人，抛食辄衔去。昔年在川、楚江行亲见之。此词固《竹枝》妍唱，即作七言绝句诵之，亦是晚唐风调。

浣溪沙

蓼岸风多橘柚香。江边一望楚天长。片帆烟际闪孤光。

目送征鸿飞杳杳。思随流水去茫茫。兰红波碧忆潇湘。

昔在湘江泛舟，澄波一碧，映似遥山，时见点点白帆、明灭于夕阳烟霭间，风景绝胜。词中“帆闪孤光”句足以状之。“兰红波碧”殊令人回忆潇湘也。

前调

花渐凋疏不耐风。画帘垂地晚堂空。堕阶萦藓舞愁红。
腻粉半黏金靥子，残香犹暖绣熏笼。蕙心无处与人同。

“愁红”句字字捶炼。“蕙心”句甘孤秀之自馨，溯流风而独写，其寄慨深矣。

前调

轻打银筝坠燕泥。断丝高罥画楼西。花冠闲上午墙啼。
粉箨半开新竹径，红苞尽落旧桃蹊。不堪终日闭深闺。

五句虽皆写景，而字句妍炼，兼含凄寂。至结句言终日闭闺，则所见景物，徒为愁人供资料耳。

河传

花落。烟薄。谢家池阁。寂寞春深。翠蛾轻敛意沉吟。沾襟。无人知此心。　　玉炉香断霜灰冷。帘铺影。梁燕归红杏。晚来天。空悄然。孤眠。枕檀云髻偏。

前调

风飐。波敛。团荷闪闪。珠倾露点。木兰舟上，何处吴娃越艳。藕花红照脸。　　大堤狂煞襄阳客。烟波隔。渺渺湖光白。身已归。心不归。斜晖。远汀鸂鶒飞。

《河传》二调，须合而观之。上首所以敛黛沾襟、敧鬟倚枕者，以次首之襄阳狂客，偶见兰舟艳质，即故剑全忘，即使强归，而心已去，如逐斜阳鸂鶒而飞，透进一层写法，愈见怨之深也。

菩萨蛮

月华如水笼香砌。金环碎撼门初闭。寒影堕高檐。钩垂一面帘。　　碧烟轻袅袅。红战灯花笑。即此是高唐。掩屏秋梦长。

前调

花冠频鼓墙头翼。东方淡白连窗色。门外早莺声。背楼残月明。　　薄寒笼醉态。依旧铅华在。握手送人归。半拖金缕衣。

二词亦连缀而作。前首纪相逢，丽不伤雅，仅以淡笔写之。后首言相别，破晓分襟，莺声残月，晓景宛然。“握手”二句，见推枕而起，揽衣未整，已唱骊歌，握手匆匆，离情无限，与《片玉词》之“露寒人远”，情景相类。

前调

木绵花映丛祠小。越禽声里春光晓。铜鼓与蛮歌。南人祈赛多。　　客帆风正急。茜袖偎樯立。极浦几回头。烟波无限愁。

铜鼓声中，木棉花下，正蛮江春好之时。忽翠袖并船，惊鸿一瞥，方待回头，顷刻隔几重烟浦，其惆怅何如。“正是客心孤回处，谁家红袖倚江楼”，文人之遐想，有此相似者。

定西番

鸡禄山前游骑，边草白，朔天明。马蹄轻。　　鹊面弓离短韔，弯来月欲成。一只鸣髇云外，晓鸿惊。

前调

帝子枕前秋夜，霜幄冷，月华明。正三更。　　何处戍楼寒笛，梦残闻一声。遥想汉关万里，泪纵横。

二词英英露爽。“鸣髇”二句有“翻身向天仰射云，一箭正坠双飞翼”之概。“寒笛”二句有“横笛偏吹行路难”“一时回首月中看”之感。一言骑射精能，一言乡心枨触也。

佚名 一首

鱼游春水

秦楼东风里。燕子还来寻旧垒。余寒犹峭，红日薄侵罗绮。嫩草方抽碧玉茵，媚柳轻窣黄金缕。莺啭上林，鱼游春水。　　几曲阑干遍倚。又是一番新桃李。佳人应怪归迟，梅妆泪洗。凤箫声绝沉孤雁，望断清波无双鲤。云山万重，寸心千里。

宋政和中，河卒于汴河上掘地得石，有词句而无名无谱。进御后，命大晟府填腔，赐名为《鱼游春水》云。

国家新闻出版广电总局
首届向全国推荐中华优秀传统文化普及图书

大家小书书目

国学救亡讲演录	章太炎　著　蒙　木　编
门外文谈	鲁　迅　著
经典常谈	朱自清　著
语言与文化	罗常培　著
习坎庸言校正	罗　庸　著　杜志勇　校注
鸭池十讲（增订本）	罗　庸　著　杜志勇　编订
古代汉语常识	王　力　著
国学概论新编	谭正璧　编著
文言尺牍入门	谭正璧　著
日用交谊尺牍	谭正璧　著
敦煌学概论	姜亮夫　著
训诂简论	陆宗达　著
金石丛话	施蛰存　著
常识	周有光　著　叶　芳　编
文言津逮	张中行　著
经学常谈	屈守元　著
国学讲演录	程应镠　著
英语学习	李赋宁　著
中国字典史略	刘叶秋　著
语文修养	刘叶秋　著
笔祸史谈丛	黄　裳　著
古典目录学浅说	来新夏　著
闲谈写对联	白化文　著
汉字知识	郭锡良　著
怎样使用标点符号（增订本）	苏培成　著
汉字构型学讲座	王　宁　著

诗境浅说	俞陛云　著
唐五代词境浅说	俞陛云　著
北宋词境浅说	俞陛云　著
南宋词境浅说	俞陛云　著
人间词话新注	王国维　著　滕咸惠　校注
苏辛词说	顾　随　著　陈　均　校
诗论	朱光潜　著
唐五代两宋词史稿	郑振铎　著
唐诗杂论	闻一多　著
诗词格律概要	王　力　著
唐宋词欣赏	夏承焘　著
槐屋古诗说	俞平伯　著
词学十讲	龙榆生　著
词曲概论	龙榆生　著
唐宋词格律	龙榆生　著
楚辞讲录	姜亮夫　著
读词偶记	詹安泰　著
中国古典诗歌讲稿	浦江清　著 浦汉明　彭书麟　整理
唐人绝句启蒙	李霁野　著
唐宋词启蒙	李霁野　著
唐诗研究	胡云翼　著
风诗心赏	萧涤非　著　萧光乾　萧海川　编
人民诗人杜甫	萧涤非　著　萧光乾　萧海川　编
唐宋词概说	吴世昌　著
宋词赏析	沈祖棻　著
唐人七绝诗浅释	沈祖棻　著
道教徒的诗人李白及其痛苦	李长之　著
英美现代诗谈	王佐良　著　董伯韬　编
闲坐说诗经	金性尧　著
陶渊明批评	萧望卿　著

古典诗文述略	吴小如　著
诗的魅力 ——郑敏谈外国诗歌	郑　敏　著
新诗与传统	郑　敏　著
一诗一世界	邵燕祥　著
舒芜说诗	舒　芜　著
名篇词例选说	叶嘉莹　著
汉魏六朝诗简说	王运熙　著　董伯韬　编
唐诗纵横谈	周勋初　著
楚辞讲座	汤炳正　著 汤序波　汤文瑞　整理
好诗不厌百回读	袁行霈　著
山水有清音 ——古代山水田园诗鉴要	葛晓音　著
红楼梦考证	胡　适　著
《水浒传》考证	胡　适　著
《水浒传》与中国社会	萨孟武　著
《西游记》与中国古代政治	萨孟武　著
《红楼梦》与中国旧家庭	萨孟武　著
《金瓶梅》人物	孟　超　著　张光宇　绘
水泊梁山英雄谱	孟　超　著　张光宇　绘
水浒五论	聂绀弩　著
《三国演义》试论	董每戡　著
《红楼梦》的艺术生命	吴组缃　著　刘勇强　编
《红楼梦》探源	吴世昌　著
《西游记》漫话	林　庚　著
史诗《红楼梦》	何其芳　著 王叔晖　图　蒙　木　编
细说红楼	周绍良　著
红楼小讲	周汝昌　著　周伦玲　整理

曹雪芹的故事	周汝昌 著 周伦玲 整理
古典小说漫稿	吴小如 著
三生石上旧精魂 ——中国古代小说与宗教	白化文 著
《金瓶梅》十二讲	宁宗一 著
中国古典小说十五讲	宁宗一 著
古体小说论要	程毅中 著
近体小说论要	程毅中 著
《聊斋志异》面面观	马振方 著
《儒林外史》简说	何满子 著
我的杂学	周作人 著 张丽华 编
写作常谈	叶圣陶 著
中国骈文概论	瞿兑之 著
谈修养	朱光潜 著
给青年的十二封信	朱光潜 著
论雅俗共赏	朱自清 著
文学概论讲义	老 舍 著
中国文学史导论	罗 庸 著 杜志勇 辑校
给少男少女	李霁野 著
古典文学略述	王季思 著 王兆凯 编
古典戏曲略说	王季思 著 王兆凯 编
鲁迅批判	李长之 著
唐代进士行卷与文学	程千帆 著
说八股	启 功 张中行 金克木 著
译余偶拾	杨宪益 著
文学漫识	杨宪益 著
三国谈心录	金性尧 著
夜阑话韩柳	金性尧 著
漫谈西方文学	李赋宁 著
历代笔记概述	刘叶秋 著

周作人概观	舒　芜　著
古代文学入门	王运熙　著　董伯韬　编
有琴一张	资中筠　著
中国文化与世界文化	乐黛云　著
新文学小讲	严家炎　著
回归，还是出发	高尔泰　著
文学的阅读	洪子诚　著
中国文学1949—1989	洪子诚　著
鲁迅作品细读	钱理群　著
中国戏曲	么书仪　著
元曲十题	么书仪　著
唐宋八大家——古代散文的典范	葛晓音　选译

辛亥革命亲历记	吴玉章　著
中国历史讲话	熊十力　著
中国史学入门	顾颉刚　著　何启君　整理
秦汉的方士与儒生	顾颉刚　著
三国史话	吕思勉　著
史学要论	李大钊　著
中国近代史	蒋廷黻　著
民族与古代中国史	傅斯年　著
五谷史话	万国鼎　著　徐定懿　编
民族文话	郑振铎　著
史料与史学	翦伯赞　著
秦汉史九讲	翦伯赞　著
唐代社会概略	黄现璠　著
清史简述	郑天挺　著
两汉社会生活概述	谢国桢　著
中国文化与中国的兵	雷海宗　著
元史讲座	韩儒林　著

魏晋南北朝史稿	贺昌群　著
汉唐精神	贺昌群　著
海上丝路与文化交流	常任侠　著
中国史纲	张荫麟　著
两宋史纲	张荫麟　著
北宋政治改革家王安石	邓广铭　著
从紫禁城到故宫——营建、艺术、史事	单士元　著
春秋史	童书业　著
明史简述	吴　晗　著
朱元璋传	吴　晗　著
明朝开国史	吴　晗　著
旧史新谈	吴　晗　著　习　之　编
史学遗产六讲	白寿彝　著
先秦思想讲话	杨向奎　著
司马迁之人格与风格	李长之　著
历史人物	郭沫若　著
屈原研究（增订本）	郭沫若　著
考古寻根记	苏秉琦　著
舆地勾稽六十年	谭其骧　著
魏晋南北朝隋唐史	唐长孺　著
秦汉史略	何兹全　著
魏晋南北朝史略	何兹全　著
司马迁	季镇淮　著
唐王朝的崛起与兴盛	汪　篯　著
南北朝史话	程应镠　著
二千年间	胡　绳　著
论三国人物	方诗铭　著
辽代史话	陈　述　著
考古发现与中西文化交流	宿　白　著
清史三百年	戴　逸　著

清史寻踪	戴　逸　著
走出中国近代史	章开沅　著
中国古代政治文明讲略	张传玺　著
艺术、神话与祭祀	张光直　著
	刘　静　乌鲁木加甫　译
中国古代衣食住行	许嘉璐　著
辽夏金元小史	邱树森　著
中国古代史学十讲	瞿林东　著
历代官制概述	瞿宣颖　著

宾虹论画	黄宾虹　著
中国绘画史	陈师曾　著
和青年朋友谈书法	沈尹默　著
中国画法研究	吕凤子　著
桥梁史话	茅以升　著
中国戏剧史讲座	周贻白　著
中国戏剧简史	董每戡　著
西洋戏剧简史	董每戡　著
俞平伯说昆曲	俞平伯　著　陈　均　编
新建筑与流派	童　寯　著
论园	童　寯　著
拙匠随笔	梁思成　著　林　洙　编
中国建筑艺术	梁思成　著　林　洙　编
沈从文讲文物	沈从文　著　王　风　编
中国画的艺术	徐悲鸿　著　马小起　编
中国绘画史纲	傅抱石　著
龙坡谈艺	台静农　著
中国舞蹈史话	常任侠　著
中国美术史谈	常任侠　著
说书与戏曲	金受申　著
世界美术名作二十讲	傅　雷　著

中国画论体系及其批评	李长之　著
金石书画漫谈	启　功　著　赵仁珪　编
吞山怀谷 ——中国山水园林艺术	汪菊渊　著
故宫探微	朱家溍　著
中国古代音乐与舞蹈	阴法鲁　著　刘玉才　编
梓翁说园	陈从周　著
旧戏新谈	黄　裳　著
民间年画十讲	王树村　著　姜彦文　编
民间美术与民俗	王树村　著　姜彦文　编
长城史话	罗哲文　著
天工人巧 ——中国古园林六讲	罗哲文　著
现代建筑奠基人	罗小未　著
世界桥梁趣谈	唐寰澄　著
如何欣赏一座桥	唐寰澄　著
桥梁的故事	唐寰澄　著
园林的意境	周维权　著
万方安和 ——皇家园林的故事	周维权　著
乡土漫谈	陈志华　著
现代建筑的故事	吴焕加　著
中国古代建筑概说	傅熹年　著
简易哲学纲要	蔡元培　著
大学教育	蔡元培　著 北大元培学院　编
老子、孔子、墨子及其学派	梁启超　著
春秋战国思想史话	嵇文甫　著
晚明思想史论	嵇文甫　著
新人生论	冯友兰　著

中国哲学与未来世界哲学	冯友兰　著
谈美	朱光潜　著
谈美书简	朱光潜　著
中国古代心理学思想	潘　菽　著
新人生观	罗家伦　著
佛教基本知识	周叔迦　著
儒学述要	罗　庸　著　杜志勇　辑校
老子其人其书及其学派	詹剑峰　著
周易简要	李镜池　著　李铭建　编
希腊漫话	罗念生　著
佛教常识答问	赵朴初　著
维也纳学派哲学	洪　谦　著
大一统与儒家思想	杨向奎　著
孔子的故事	李长之　著
西洋哲学史	李长之　著
哲学讲话	艾思奇　著
中国文化六讲	何兹全　著
墨子与墨家	任继愈　著
中华慧命续千年	萧萐父　著
儒学十讲	汤一介　著
汉化佛教与佛寺	白化文　著
传统文化六讲	金开诚　著　金舒年　徐令缘　编
美是自由的象征	高尔泰　著
艺术的觉醒	高尔泰　著
中华文化片论	冯天瑜　著
儒者的智慧	郭齐勇　著
中国政治思想史	吕思勉　著
市政制度	张慰慈　著
政治学大纲	张慰慈　著
民俗与迷信	江绍原　著　陈泳超　整理

政治的学问	钱端升　著　钱元强　编
从古典经济学派到马克思	陈岱孙　著
乡土中国	费孝通　著
社会调查自白	费孝通　著
怎样做好律师	张思之　著　孙国栋　编
中西之交	陈乐民　著
律师与法治	江　平　著　孙国栋　编
中华法文化史镜鉴	张晋藩　著
新闻艺术（增订本）	徐铸成　著
经济学常识	吴敬琏　著　马国川　编
中国化学史稿	张子高　编著
中国机械工程发明史	刘仙洲　著
天道与人文	竺可桢　著　施爱东　编
中国医学史略	范行准　著
优选法与统筹法平话	华罗庚　著
数学知识竞赛五讲	华罗庚　著
中国历史上的科学发明（插图本）	钱伟长　著

出版说明

“大家小书”多是一代大家的经典著作，在还属于手抄的著述年代里，每个字都是经过作者精琢细磨之后所拣选的。为尊重作者写作习惯和遣词风格、尊重语言文字自身发展流变的规律，为读者提供一个可靠的版本，“大家小书”对于已经经典化的作品不进行现代汉语的规范化处理。

提请读者特别注意。

北京出版社